我的黑土

李红霞 著

浙江工商大学出版社
ZHEJIANG GONGSHANG UNIVERSITY PRESS
·杭州·

图书在版编目(CIP)数据

我的黑土 / 李红霞著. — 杭州 ：浙江工商大学出版社，2020.1
ISBN 978-7-5178-3665-0

Ⅰ. ①我… Ⅱ. ①李… Ⅲ. ①散文集—中国—当代 Ⅳ. ①I267

中国版本图书馆 CIP 数据核字(2020)第 001507 号

我的黑土
WO DE HEITU
李红霞 著

特约编辑 李大军
责任编辑 刘淑娟　王黎明
封面设计 林朦朦
责任印制 包建辉
出版发行 浙江工商大学出版社
(杭州市教工路 198 号　邮政编码 310012)
(E-mail：zjgsupress@163.com)
(网址：http://www.zjgsupress.com)
电话：0571-88904980，88831806(传真)
排　　版 杭州朝曦图文设计有限公司
印　　刷 杭州宏雅印刷有限公司
开　　本 880mm×1230mm　1/32
印　　张 6.125
字　　数 131 千
版 印 次 2020 年 1 月第 1 版　2020 年 1 月第 1 次印刷
书　　号 ISBN 978-7-5178-3665-0
定　　价 48.00 元

浙江工商大学出版社营销部邮购电话　0571-88904970

有一个美丽的地方(自序)

有一个美丽的地方,叫伊春。

那里群山环绕、松涛林海,被称为地球上的“祖母绿”。

还有一个美丽的地方,叫烟台。

这里海域辽阔、物产丰富,是蓝色经济带。

山和海,是我一世的情怀。降生在哪里,是命;漂泊扎根在哪里,是选择,也是命。

在“祖母绿”的怀抱里,我度过无忧的童年时代以及求知的读书时光,接受师长的谆谆教诲及在学业上的悉心指导。二十四岁的时候,我像一棵蒲公英,被山风吹落到了胶东半岛,从此在这里扎根。

烟台是一座包容的城市。它是美丽的。无论鲜明的四季,还是淳朴的民风,都让我感受到一种踏实和安稳。这里不仅有海,还有青山,这是让我感到踏实的原因;这里的人和东北有着极为亲密的血缘关系,千丝万缕,祖辈父兄总能关联到一起,这让我感到安稳。它给予我们平等奋斗的机遇,赏赐给我们同样甜蜜的果实,但前提是,一定要努力。

二十几年过去了,流水的光阴不会回头,奋斗的青春渐行渐远。在旧时光里,我留下了这些笨拙而真诚的文字。近日梳理,也感怀这些文字曾经带给自己的安慰和精神的鼓舞。文字是最好的药和营养品,它疗伤治病,也美容健身。我欣喜自己未曾搁笔,无论在堆满杂物的斗室还是在宽敞的书房;无论在育儿煮饭买菜上早晚自习的奔波忙碌中,还是在因晋升职称各种学习考试以及自我创业而焦头烂额的,我都不曾搁笔。

于是,有了它们。

惭愧的是,这些小玩意儿,有些带着应试作文的痕迹,因为它们本身就是写给学生的下水文。还有一些,是我对早年离开家乡时那段比较晦暗的岁月的记录,文笔幼稚,情绪化很浓。但无论怎样吧,我集合它们,就是为了一份纪念,为了铭记出现在我生命中的那些美丽的画卷,画卷里美丽的人情、美丽的风景。

有一个美丽的地方,是我的故乡——伊春。

还有一个美丽的地方,是我的第二故乡——烟台。

献给它们。

2019 年 5 月 11 日于烟台城南悦读

目录

山野散记

确切地说，是走山。这是我今年春天以来一直在坚持做的一件事。

每个周日早晨，我都要早一点起来，到不远处的山间走走。我诧异自己这么多年，居住在山脚下，竟然很忽略它，一如我当年住在山区，却没有采过山，连爬山的数次也寥寥可数。这日子过得也真是奢侈浪费，唾手可得的风景，竟能做到视而不见。

那次天津的同学来烟台，吃饭时闲聊。他也是从故乡走出多年的游子。他说，看见山，心中就安稳踏实。我爱人也很认同他的观点。我很难想象，如果不能时常看到山会怎样，我怀疑我爱人会疯掉。虽然我很少走近它，但我一直就没离开过它。它一直都在我身边。在就好。

我是地地道道山里长大的孩子。我的家乡到处是山，群山环抱。举目四望，青山碧水、蓝天白云，是司空见惯的风景。春山青翠欲滴，夏山郁郁葱葱，秋山色彩斑斓，冬山白雪皑皑。因为有山，四季风景不同；因为有山，呼吸着最清新的空气；因为有山，喝着最甘甜的泉水。这都是现在城市里所谓的森林氧吧、蝴蝶泉所不能比拟的。

那是怎样一个绿色环保的幸福年代啊！同事们无比惊喜地谈论着黑木耳、黄花菜、松子、蕨菜，还有各种野生的蘑菇。我给他们讲我小时候的经历，他们都听得发呆。夏天的一场透雨过后，我和老姨去住在东山那边的同学家串门子。为了省路，我们不走大路，从树林子中间穿越。树林里的椴木枝干上，早已长出肥嘟嘟的黑木耳，我们俩一边走一边揪，一边揪一边吃。那是地道野生的木耳，带着椴木特有的味道。其实我那时并不怎么爱吃那东西，家里也没有人特意去采木耳。虽然住在山里，却一点也不“山民”，也许是因为父母都有工作在身吧。初中二年级时，一帮同学去山里的一男同学家玩耍，玩过了时间，被人家留下来吃饭。他家的鸡蛋炒木耳简直太好吃了，我吃了好多。那男生若干年后还提起我爱吃木耳。其实真不是。只是家里没有人吃，也没有人那么做着吃罢了。后来木耳这事儿就发展成锯了椴木段，摘种木耳菌来培植，这在目前来说也是最高档的了，市场上是买不到的。再就退而求其次把锯末子装成一袋子一袋子的，扎好后，摘种木耳菌，但怎么吃都有一股子油锯的柴油味。

再说黄花菜。那根本就跟自己家后院子长的是一样的。漫山遍野都是黄花菜，一边玩一边摘着吃就行了。甜丝丝的，不好吃。现在的说法是生吃那东西不好，应该是晒干了吃的。那时候根本没有这个意识。我跟同学上过学校后面的南山，采过一堆一堆的蕨菜。我们叫猴子腿儿。嫩的时候，都蜷着小巴掌，茎上是细细的绒毛，矮矮的，很粗壮。一根一根地掐，会发出清脆的声音，有浆汁冒出，涩涩的。它们是一堆一堆地长的，你若发现了一堆，附近就会有下一堆，怎么也采不尽。采回家以后，根本没人待见这玩意儿，蕨菜再怎么好，也是野菜，家菜又不是没有，貌似穷人才吃野菜呢。所以,吃的兴致也不是很高。至于春天里刚冒芽的鸭子嘴,那是给鸭子吃的,蛰麻子蛰手,火辣辣的。我已经掌握了采它的技巧,就是用手拽它的叶心,使一股寸劲往上一薅,正好不长不短,小半截。采一大堆回家做汤。这东西很奇怪,生的时候浑身刺,蜇人,一入锅,再入口,滑溜溜的。尤其是加点土豆炖汤喝,那简直是世上最鲜美的汤。

遗憾的是,我从来没有去采过蘑菇。秋天的时候,我会看到很多人上山采蘑菇。一到傍晚,对青山大桥那儿就能看到很多人,他们穿着农田鞋,挎着筐,一堆堆的下山来了。毫无疑问,他们满载而归。山里的蘑菇也是采不尽的。我没去过的原因一个是家里没人做这个,再就是采蘑菇得进大山里头,往里走很远。他们说蘑菇也是在大树根儿底下,一大堆一大堆的。那时候比较高贵的是猴头菇。据说这猴头菇长得有意思,它们是长在树上的,如果你在一棵树上发现一个猴头,那么和它对应的一棵树上必然还会有一个猴头。不过,这种东西实在不好吃,我就从来没吃过一次做得好吃的猴头菇。现在这玩意也都人工养殖了,对青山据说靠这个发展,也算是多种经营中的一个主力品种了。

去年秋天,家乡收山。外面的人不懂啥叫收山,有必要非专业地解释一下。伊春是红松故乡,山上到处是红松。松子这种坚果是大森林馈赠林区的厚礼。松塔每年都结,但数量不多。收山的意思就是说,这一年,松塔大丰收,榛子大丰收。一般三年一小收,五年一大收,这是大森林的隆重献礼。那时候,满山遍野都是人,用尽各种方法,把高高的松塔打下来,再晒干,然后用棒子捶,松子就都脱落出来了。去年秋天就是大丰收年,松子超多。我远在千里之外,都感受到了丰收的喜悦,收到了若干份或同学或学生或亲戚寄来的松子,上百斤。我的同事们也都品尝到了我家乡的山野美味。但这些松子的质量也不一样，有的还不是很饱满。可以想象，还没等完全成熟的时候，人们就都进山去抢收了，去晚了就没了。那种山野的果实在山野里寂寞老去的日子再也没有了。

我在那里生活二十多年，大概爬过西山两三次，北山三四次，南山一两次。那是真正的爬山。山路艰难，甚至并没有路，全靠年少的勇气和激情。现在想想，每逢假期又想爬泰山又想爬黄山的，即便它们的景致很美，也绝不会有当年爬山的乐趣了。如果以后我能回故乡小住一段，我一定每天去爬山，当然，须是爬得动才好。

烟台是山海相间的魅力城市。我喜欢她的广告语“山和海的情怀，你和我的烟台”。我住在塔山脚下，大约步行十分钟就能到达登山的路口。顺着山间小道，一路走上去，到三和塔下，再走，穿越绵延无尽头的山路，两面奇花异草都是精心养护的，水泥路面干干净净。走在路上，放声高歌一曲，即便对面有人过来了，也毫不羞口，反正也不认识。再说了，大家到了山里，都有点疯疯癫癫的，迈什么样的步子的人都有，倒着走正着走的，还有哼小调的，一点不奇怪。有时清晨浓雾还没有散去，就如在仙境里一般，对面人影绰绰，走近一看，或是老年夫妻老来相伴，或是年轻伴侣携手走来，或是一老者，闲云野鹤般优哉游哉，总之，你会觉得，起了大早，舍了睡眠，是值得的。日子这么美好，睡觉好浪费哦。

这周，槐花落尽了，但香气不散。那些落花都在树下，白花花的，枯干了。黄花开始登场了，一簇簇，一丛丛。这黄花原本是野生的，不过现在如此之多，长得如此整齐，似乎人工大面积种植了。野味儿虽淡了些，景致倒紧凑了些。烟台大南山，是花重金打造的，虽然不是那么原生态，但也确实是真山真水。缺了野趣，多了些方便。爬山不再是力气和技术活了，只要毅力和耐力就行。

山中风景，每天不同。万物萌芽、生长、衰老，四季轮回，草木一秋。有灿烂,有静美,有石缝间的生命带给你的震撼,有花落花开的感慨,它让你真切感受时光的一点点走远,而我们在岁月中一天天老去。年华似水,很多风景都已经一页一页翻过。美妙的日子都不能重新再来,那么,是不是要格外珍惜每一天呢?

有山,我的岁月安稳宁静。常常走近它,倾听它,即使这一世早已尘埃落定,还是能生出无限的向往来。

2012 年 5 月 27 日

最爱故乡白桦林

暑期快结束的时候，我有个机会去了坝上。烟台离承德不远，在烟台还是闷热潮湿透不过气来的时候，那里却是能避暑的。

坝上草原水草丰美，隆起的弧线起伏错落，站在草原的高坡之上，放眼眺望，“向天再借五百年”的豪迈之情油然而生。我相信歌词的创作者是亲自到这里体味感受并敏锐准确地把握住了自己一瞬间的情感，这种歌词都是妙手偶得，如同天赐。

意外的，遇到几丛白桦林。说它是几丛，是说在广袤的草原之上，那么辽阔的地方，即使是几百棵几千棵树木聚集在一起，看起来也只是一小撮。

走近细看，植株很密，树不高，矮壮壮的。由于正值盛夏，枝繁叶茂，那白桦的白，并不显眼。然而我对它的亲切和熟悉，还是让我忍不住想把我和白桦树的故事讲给我的伙伴听。

我的故乡是盛产红松的，白桦林也是随处可见。白桦林可真美。它美在初春，美在盛夏，美在深秋，美在隆冬。因为它躯体的洁白，在新叶初绽、枝叶繁茂、秋叶凋零和冬雪映衬的时候，它呈现出鲜明的色彩对比。在沉闷的松树林中，它的轻盈和洁白，分明是美少女的姿态。最不可思议的是，白桦树的躯干上，有天然的瘢痕，仿佛是一只一只深情的眼睛，一阵山风吹过，她明眸善睐，婆娑起舞。初学写诗的时候，我写秋天的白桦林，写森林里斑斓的色彩，那几句诗，我到现在都觉得自己也是有如神助的：

油彩溅你一身/又顺着你的雪白滑落在地/黄的是草/红的是花/黑的/是你的瞳仁里的/忧伤/森林里有风/有叮咚的鹿鸣/你眼里有泪/在夜幕铺开的时候/幸福地含着

白桦是耐严寒的。故乡的冬天，地冻天寒，它是最能给人温暖的。这树由于大片生长在俄罗斯，被俄罗斯人视为祖国和故乡的象征。在我眼里，它就多了些异国风情。我读叶赛宁的诗："多么温暖，多么惬意，有如冬天里围着火炉，白桦亭亭玉立，仿佛高大的银烛。"俄罗斯诗人一提起祖国和故乡，就要提起白桦树。我的故乡与俄罗斯交界，白桦树也是我的故乡树，看到它觉得亲切，想起它觉得温暖。

我上初中的时候，每天上学要穿过贮木场的场院。贮木场就是贮存木材的地方，那里堆满了从山上拉下来的木材，中转之后装上火车运往各地。高高的木垛，像山一样，一座接一座。我们从木垛下面走，有时候也在木垛顶上走，就像翻山一样。堆放桦木的地方，会有桦树皮，即使没有散落的，我们也会从树干上扒一些下来。桦树皮很容易扒，所以放学回家，我是从不空手的。桦树皮是最好的引火材料，一点就着，要是树皮里层更厚实一些，那就更耐着，很容易就能点燃灶坑里或者炉膛里的柴。那时候的引火材料有两种，一种是桦树皮，一种是明子，就是松树的油脂凝成的沉香。这些好东西，都让我们推进了炉膛，燃成了熊熊的火，照亮和温暖了那些寒冷的岁月。

坝上草原的几丛桦树林，让我想起很多往事。长大了一些的时候，年轻的我们还会在桦树林里照相，美美地靠在白桦树上，拾一枚落叶，摆一个颇为文艺范的姿势，把自己和年轻的白桦定格在一起。那是一件很浪漫的事儿。

据说，俄罗斯人在春天的时候，都会到桦树林里去采收桦树的汁液，那是他们的天然啤酒和森林饮料。俄罗斯人对白桦的利用可谓到了极致，桦树皮我们用来引火了，而在俄罗斯，那是用来记录的纸张，是他们的竹简，是艺术品。

我深信这个战斗民族很大程度上受益于桦树的滋养。我没有提取桦树汁的经验，但后来我见过家乡的人研制开发桦树汁饮料。在初春树芽还没有冒出之前，桦树躯干开始白里透青，体内汁液充盈的时候，将电钻在白桦树的表层向上斜角度钻到三厘米的深度，汁就流出了。那些树的精华加工后，就成了最好的饮品。一棵树的奉献，还能怎样？

更让我想不到的是，从坝上回来不久，经营俄罗斯商品的王姐惊喜地告诉我，他们公司研制的桦树茸茶饮品，马上就可以上市了。这些寄生在桦树身上吸取桦树精华的植物真菌将以茶包的形式，给我带来森林最好的馈赠，故乡最好的体贴和慰藉。

我深信，给我温暖和难忘回忆的桦树，还将给我带来健康。

2016 年 9 月 7 日

老夏太太的油盐饼

近来爱上了烘焙，一天天在家照着食谱瞎捣鼓。昨天终于捣鼓出一款家乡的烤饼——东北油盐饼，发在朋友圈里显摆。夜半时分，有昔日同窗好友隔着屏幕幽幽地问："有老夏太太的味道吗？"

于是，关于老夏太太的油盐饼的记忆顿时就浮现出来。其实成年之后，我们一直沉溺在寻找某种似曾相识的味道的海洋里，凭着嗅觉和味觉的记忆梳理着前尘过往。这就如同我们常常流连在超市卖糕饼点心的柜台前，但并不准备带走一块儿，即便是偶尔心血来潮称上几块，也是放在家里。要么望而兴叹，高油高糖都不是我们这个年纪能承受的了的；要么是放在嘴里，味如嚼蜡，怎么也找不到那时的感觉。

一个人关于美食的定义和记忆，跟他的身世和经历有关，也跟时代背景有关。譬如我们爱死了青岛产的豆奶饼干，其包装简陋，饼干一点诱人的颜值也没有，苍白到没有一点油润，干干的像抽去了全部的水分，但它是我每次去超市都流连流连、摩挲摩挲，忍不住拿起再放下的东西。只是因为，它的模样是属于童年甚至整个少年时代的记忆，吃而不得的记忆，吃不够的记忆。

现在我可以"咳,咳"两声然后老气横秋地说,那是遥远的 20 世纪 80 年代末期的故事了。

那时我在家乡附近的一所小城读师范中专。

关于学校的那座食堂,真是不忍回顾,叫人心酸。豆腐是我们的主要菜肴。豆腐汤、炖豆腐、鸡刨豆腐,顿顿都是这些。粗粮和细粮要搭配着吃,每月有三十二斤的粮票,这已经是城镇人口粮食定量的最高配额。

老夏太太是我们的救星。她是卖油盐饼的。冬天的早晨,早饭前,她骑着一辆二八型的大金鹿自行车,后车座上驮着一个用棉被盖得严严实实的大筐,筐里就是热气腾腾的油盐饼了。她戴着厚厚的围巾帽子,眉毛、睫毛、刘海上都是哈气冻成的霜,一双大棉手闷子,油渍嘛哈的。她爽朗的嗓音在走廊外高声响起:"油盐饼,油盐饼啦,热乎的油盐饼啦。"

女伴们这时有的在洗脸,有的在刷牙,还有比如我这样的还在被窝里眯着的大家一阵忙乱,赶紧派一个人出去买饼,去晚了就会被别的宿舍的人抢光。一个饼,一毛二分钱,两个饼二角四分钱。这个早餐不贵,也不算便宜。要是天天都吃两个的话,也还能勉强凑合,那时候学校食堂的早饭,一毛钱就可以搞定,一碗豆腐汤五分钱,一个馒头或者四两大馇子饭五分钱。

油盐饼外面是一层有点焦糊的酥皮,里面软软的起了若干层次,每一个层次里都有椒盐、花椒的香气。刚好合适的咸味,还有豆油特有的香气,开启了读书时代最美好的清晨。因为有油有盐,就不需要什么菜了,一杯白水足矣。

若女伴捎回来两个热乎乎的油盐饼,我就可以再眯一会,然后慢腾腾地起床、洗脸、刷牙,一切按部就班、有条不紊,因为心中有底,不必担心吃不到早饭。一想到有两个热乎乎的油盐饼在抽屉的饭盒里,就可以不急不躁地享受清晨梳妆打扮的慢时光。

老夏太太是个贴心人,时间久了,她就知道哪个宿舍谁起来得晚,谁吃几个饼,谁几乎逢饼必买。有时候,她就直接敲我们的门,大声吆喝:谁谁谁,给你留俩饼呢,赶紧起来,趁热乎吃。

我们都亲切地叫她夏姨,背地里才叫她老夏太太,后来我们学鲁迅的《药》,好像还偷着叫了一段夏四奶奶呢。

老夏太太那时候年纪其实应该不大,最多不过五十岁。她从自行车大梁跨上自行车驮着卖空了的大筐远去的背影,也让偶尔买不到油盐饼的我,跺着脚骂她。此后多年异乡漂泊,每次回乡,我都迫不及待地寻找记忆中的美食,也曾在父母亲戚来烟台时索要过家乡的油盐饼,但都没有找到曾经的味道。

属于油盐饼的记忆,是那段十六岁到二十岁的青春日子。一个花季女孩的青春,最难忘的记忆跟吃有关,这也算是属于那个时代的印记吧。

2015 年 12 月 12 日

老屋

老家，是低矮的土屋，是老屋的木杖子上搭着的金色的秋，是夕阳里炊烟缭绕的村落。

老家，是牧童骑黄牛，是清明时节纷纷的雨，是这新春的日子高高挂起的红灯笼。

在老家的地垄沟里我捡拾过被祖父漏下的土豆，在老家的房檐下我偷窥过燕子哺育幼儿，在老家七月的黄瓜架下我倾听过牛郎织女湿漉漉的情话。老家给了我泥土的本色，老家告诉我要反哺，老家让我无论走到哪儿，都在心底怀揣着一个沉甸甸的牵挂。

顺着那条清澈的小溪，我一直走到汤旺河的身边；又是顺着这条母亲河，我走出了山里的世界。越走离老屋越远，越远老屋的印象就越是清晰，就这样，我走远了几千里，出走了几十年。

老屋老了，我也老了。老屋更矮了，我年轻的脊梁也渐渐弯曲了。

远离老屋的日子，我住过洋房，也在高楼林立的城市里有自己一间蜗居。可那种不能脚踏泥土的现实总让我感觉心里惶惶，仿佛没有根的水中浮萍，我不知道何处是归宿，何时是归期。

就是那个土屋，我的老家的土屋，留给我一种记忆，是散发着熬清粥的味道、散发着冻白菜的味道、散发着大酱缸的味道的记忆；是少年追逐打闹的喧哗、大黄狗前扑后拥的躲闪、祖母站在门口呼唤我乳名时的亲切模样的记忆；是院子里停放着外祖父灵柩、正月十五下屋棚子墙根处点着的玉米面油灯的记忆。

岁月不饶人，拿着盆找盆、门关上了钥匙忘在家里的事情越来越多。而这些记忆，在我不甚清醒的头脑里一天比一天清晰，清晰如昨，历历在目。

老家还有家人在，还有不肯离开的双亲在。亲人团聚、共享天伦固然是人生大美，但不离老家一辈子的厮守又何尝不是最大的幸福？给他们儿孙绕膝的幸福，我的楼房里还会装下他们幸福之余的空空的惆怅；给他们山珍海味的佳肴美味，我的餐桌上还要摆上他们食之无味的叹息。

从这个意义上讲，一个远离老家的人，终极是没有幸福可言的，至少会有一种永远无法弥补的缺憾。这样的缺憾，从离开的那一天起，就已经注定，并终生无法补救。

离开老家，是个错误。这个错，我们重复了几千年，不知道还会重复多少年？

2008 年 3 月 28 日

故乡的秋

故乡的秋是四季中最华彩的乐章。

大自然像一个油画大师,拿着长在小兴安岭山脉原始森林中的一棵老红松做的笔,蘸着那从大山深处流淌出的清澈溪水,在调色盘上使劲研磨,然后尽情涂抹:往空中一挥笔,就有了湛蓝无际的天;往大地一挥笔,就有了望不尽的金黄碧绿。他抹得尽情,抹得尽兴,于是,就有了这五花山,有了这层林尽染,有了这辉煌和壮丽。

山林穿上华丽的外衣,青翠的松树是不变的底色,也是这乐章中属于青春的旋律;山枫点缀在她的胸前,红与绿,竟然能组合成这样酣畅淋漓的大气。还有那些金黄,那些浅灰,那些高贵的紫,是果实,是种子,是一年到头的积蓄。不,或许是飘落前的依恋,是离别时的叮嘱,是岁月更替时的惆怅叹息。

也许是因为时日不多的缘故吧,大自然对这里的秋季不敢有丝毫的懈怠,若不然,它想修正都是来不及的。所以,它构思,他酝酿,当一切了然于胸,就在某个夏日的午后,突然决定动手。于是,一夜的工夫,某个清晨你一起床,一推开窗,就看到这些使你惊喜的颜色,满眼是缤纷的说不尽的欢喜。秋天,总是来得急,走得早。短短的数日，他怎么舍得羞羞答答、遮遮掩掩呢？

那就尽情表白，尽情倾诉吧。秋日里的私语，其实是没有任何隐秘可言的，它大胆而热烈，倾诉着一片赤诚、一份执着。这份赤诚里，有成长的苦痛，有遥望的相思，有重逢的喜悦；这份执着里，有等待的心酸，有坚守的孤独，有静默的伫立。

许多白桦树，伫立在华丽的秋天里。而这个秋天，也将很快淡出我们的视野，成为一篇写满思念的总是时时想起，时时忍着痛也要翻阅的日记。

2007 年 9 月 21 日

九月的记忆

如果记忆没有出错，九月的这个日子，多半要伴随着一些风，一些雨；有些冷，自然也会有些暖。

在家乡，这个季节总是秋雨连绵。要穿厚厚的外套，甚至毛衣了。记不太真切了，是哪一年的“十一”左右，就有零星的雪飘落。不知道现在怎样，毕竟有雪的日子，在真正的冬天里也不是很多了。

这样的日子，该是收秋了，地里的白菜要砍回家，先是垛起来，再在秋阳下晒上几天，就可以洗了进缸，撒上粗盐，腌成酸菜。

小时候，家里没有地，父母工作的单位每年都要组织人员去一大片地里砍菜。每年的地点好像不固定。大约是各个单位都要在去之前先探了消息，哪片地的大白菜长得好，单位管理员就联系去哪一片地买。单位出车，每户人家带上麻袋和几把菜刀就出发了。肯定要坐那种敞篷的卡车，要是认识司机，能坐进驾驶室里，那简直是种荣耀了。

能和父母一起去砍菜的时候，记得应该是十二三岁。拿了菜刀，弯下腰，一路砍，后面自然有人十棵二十棵的往一起聚拢，再拿了麻袋往里装。砍菜的活最轻快也最好玩，不过还是颇有技术含量的。砍什么部位,可是要一刀准的。不能砍散了棵,也不能砍了太大的根。好像那时候买菜都是一垄一垄地买,大约有上千斤。那么漫长的一整个冬季,都是要靠这大白菜,还有窖里的土豆过冬的。记忆中平时好像没有任何青菜,一直到过年的时候,才能买到些韭菜或者芹菜。

九月在我的记忆里,就是站在大地里,挥舞菜刀砍大白菜的往事。现在想想有些不可思议,但那时候觉得很有趣,年年都早早地盼望着。大卡车在风中颠簸,浩荡的山野里大白菜的地垄沟一望无际。夕阳西下时,车才能回到镇上,司机挨家挨户地送,卸货,最后轮到自家。忙前忙后地帮大人把白菜卸了,将白菜在院子里垛好,看看天边的火烧云,怕有寒霜,再苫了麻袋,扫了院子里掉落一地的白菜帮子。掌灯时分,就可以吃到土豆炖白菜了,可能还有点粉条,几片红白相间的薄薄的猪肉。

我对白菜土豆这些东西,百吃不厌,十分钟情。它们让我有一个健康的胃,让我一直对土地心怀感激。

20 世纪 90 年代的时候,出去上学,尽管没走多远的路,百公里不到,从这个林业局到那个林业局而已。但总矫情地觉得自己算是游子了。一到秋天,凋落的叶子、远飞的鸟,时常让我触目伤怀。我想我肯定很多次地徘徊在那个破旧的校园里,刻意寻找离家在外的忧伤和落寞。这些痕迹在我那时候的文字中可以觅到。我一个人的时候,肯定惆怅过,甚至哭过。真是少年不知愁滋味,那时候就喜欢这样落寞的痛,却没想到这样的感觉竟会陪伴终生。

如今,我在九月的烟台。此刻,这里的天气还很炎热。只是早晚的凉风提醒我,是秋天了。走出市区,可以看到树上红红的苹果,农民在速路边晒晾花生。靠近海,海风腥味很浓,正是海鲜上市的好时候。这是很喜庆的一个季节,而且这样的季节状态会持续到 11

月中旬，甚至更晚。秋很长，就给了人太多的从容，慢慢地收获着，慢慢地享受着。

这时，我就无比地怀念起故乡的秋天了。赶路似的去收秋，去储备，脚步匆匆。因为说不定哪一个早晨醒来，外面就白茫茫的了。

我是九月出生的。在故乡九月的凄风冷雨中，我是母亲怀抱里的一点温暖，是掌心里的一点火热，也是她眼睛里的全部希冀。

今天是我的生日，搜寻的那些风中往事却都是断章，不知所云。

2008 年 9 月 21 日

初到烟台

刚来烟台的时候，东北人还不算多。记得最初被分到一所农村中学。因为是六月份，已近期末了，就被临时安排到教务处。校长给我介绍了一圈："这是张军，这是王军，这是李军。"弄得我一头雾水，直发懵。正当我不知所措时，就听见外面有人大声说："来了吗？来了吗？我看看。"随着这有点尖尖的声音，如同王熙凤那"未见其人先闻其声"的情形，一阵风似的就进来一个大姐，三十岁左右的模样，见了我满眼惊喜，劈头就问："是哪的？真是伊春的？"我像是抓住了一棵救命稻草，赶紧伸出手。两个人紧紧地握住了手。

"是的，我是美溪的。""太好了，我是铁力的。"一切尽在不言中。她说："我都来三四年了，今天总算来了个真老乡，以前有辽宁的吉林的，都算，后来有绥化的佳木斯的，就更算了。哈哈，现在，啥也不说了……"快人快语，暖我心窝。

下班了，我俩就结伴骑自行车回家。我向她提出刚才的不解，她听后，又是一阵大笑。她说，校长说的是张主任，王主任，李主任，教务处里都是主任。我这才恍然大悟。呦，方言也太有趣了，我还以为他们都叫一个名呢。她又告诉我，好笑的事可多了。学生推自行车不说推车说“赶车”，同事邀请你去家里，就说“有空去站站”，她说她刚来时也纳闷，怎么邀请你去做客还不让坐着呢？那可不能去。我俩聊得很投机，笑声洒了一路。

随后的日子，她又帮我在城里临时租了房子（来时落脚在亲戚家），帮我办了许多琐事。我们俩天天一起上下班，中午一起吃饭，形影不离。

从城里到乡下上班的老师很多，二三十个吧，有二十几里的路程，每天上班浩浩荡荡的。过了几天，大家都熟悉了，就有男士说：“刚来的小老师，自行车骑得挺溜哇。”我心里想，这算什么呀，等冬天我在雪地上表演一个给你看看。我甚至还想，我骑自行车时你还赶牛车呢，但我可没敢说出来，太不礼貌了。可心里的那种优越感和清高确实存在着。

那时候是很怀念家里的优越条件的。在伊春我也工作了四年，哪有男老师穿手织的毛衣，还是紫红色的，针脚也很粗，鸡心领歪歪扭扭的，里面还露出绿色的线衣领子。再不就是穿着一套劣质的西服，脚上还穿着旅游鞋。女老师还围着那种五十年代人民公社时的黄围巾（我还是在电影里见过的）。总之，要多土气有多土气。甚至中午带饭，打开饭盒一看，竟然是面条。天，这是怎么个吃法？简直让人受不了。可相处的日子久了，我才发现他们那些内在的闪光的东西，是我所学不来的。

首先，他们很勤劳。早上天不亮就上山干活，给果树授粉，打药，回来再上班，居然能来得早早的，又抹桌子又扫地的，一时不闲着。其次，他们特别节俭，一分钱能掰成三瓣儿花。我们租住的是一家独院的小二楼。一下雨，房东老太太就身穿雨衣出来拖水泥地，为了省水。在学校，老师都用油笔，学校发一些笔芯，他们就用稍硬一点的纸卷起笔芯，两头都能用，又好使又好看。我很羡慕，对桌的周大叔就多卷了几个送给我。女老师很会粗饭细做,我就天天取经,学了不少的本领,出去买现成的次数就少多了。

还有一件事我印象很深。那时我爱人也在学校,只是我们一个在南,一个在北。有一天他回来问我:"你们学校老师中午都吃什么?"我说是些乱七八糟的,他就说他们学校有一老头中午带了一个老大老大的馒头还有一小截风干肠,吃得那个香呀!他说他挺想吃那种肠的。可当时也没有卖的呀。我就回学校问人家那肠是怎么做的。结果太复杂,我没学会。那年冬天,我就请周大叔帮我做了一些,这才吃上以前没吃过的风干肠。可是第二年再也没人想吃那东西了。

好笑的事还有呢,且还是关于吃的。我爱人去乡里监考,中午人家管饭,吃包子。回来又开始说那山东大包子如何如何好吃,说不是肉馅是肉块儿,包的形状也不一样,他说像个耗子。在这之前,我还真没吃过也没见过,于是又回学校取经。结果不得要领,我哪知道那大肉块儿要先炒熟的,就那么照葫芦画瓢,费了半天的劲儿也没熟,全扔了。至今我爱人仍无比怀念那乡里的山东大包子,说再也吃不到那种味道了。

再说一件关于吃的,不过笑不出来了,挺悲惨的。那年秋天的一个周日,正逢农历三六九赶集的日子,我们俩推着自行车挤在熙熙攘攘的人群里,看看有什么没见过的好玩的东西。我正蹲那看菊花呢,我爱人在前面招呼我:"你快来,你快来,这儿有卖土豆的,还挂着黑泥呢。"我一听,乐了,我最爱吃土豆了,可那时山东的大土豆根本不"面",像大萝卜一样。我们就往里挤。那个卖土豆的人还在那吆喝:"快来买,快来买,黑龙江的大土豆,又好吃又便宜。"我爱人就问:"黑龙江哪的?""伊春的。"我又追问:"伊春哪的?""美溪的。"天呐,竟然能买到家乡的土豆?再一细看,这不是原先三中的音乐老师嘛！他没教过我，可他和我爸爸是早就认识的。我叫了一声“刘老师”，他一看是我，也很高兴。一直等到人散了，我们才说上话。他有点手艺，会修理个电器，拉个琴什么的。他让我帮着看看有没有招聘，我答应了下来。过了一段时间，我姐夫接到了一个陌生的电话，是蓬莱交警队打来的。说有人出了车祸，兜里有我姐夫的一张名片，这才找到我们让我们想法通知家属。姐夫是个忙人，根本想不起是谁，就问我们谁是刘林，我说就是卖土豆的那个。这时他才想起来不久前去买土豆时确实遇到过这么一个人，互认了老乡之后，给过他一张名片，想不到是这张名片起了作用。原来刘老师和妻弟还有连襟三人早上三四点钟开着后三轮去蓬莱上货，赶上了大雾，出了车祸，命丧车轮下了。我们赶紧通知他的家人。这个大家庭一次就走了三个男人：儿子没了，两个女儿成了寡妇。这真是白发人送黑发人的人间悲剧。

家乡出来的人越来越多了，有的有体面的工作，有好的社会地位；更多的是打工者，做小买卖的，大家都很不容易。可为了生存，又有什么办法呢？

人生有时真的很无奈。

我在那所学校呆了一年就调到城里了。也许是因为初来乍到，许多事情仍记忆犹新。我时常想起那里的周大叔和一些阿姨，他们教了我好多东西，包括许多过日子的事，还有给了我温暖的我的老乡——铁力的马大姐。

2003年10月15日

烟台的焖子

最初见到这种小吃时，并不知道它叫什么。活了二十几年，忽然换了水土，换了人情风貌，没吃过没见过的东西比比皆是。

它叫“焖子”，是烟台特色小吃。我刚来烟台工作的时候，在一所农村中学工作，居住在县城。小县城每逢农历三六九就是赶集的日子。一条长长的马路，两侧摆满了各种物品，蔬菜、水果、家具，应有尽有。赶集卖货的人，都是从乡下来的，在地上铺上一层油纸或者麻丝袋子，物品一放，地摊就摆起来了。摊主大声吆喝着各自的玩意儿，身后一般是三轮车，身前就是熙熙攘攘的人群。那时候赶集真是热闹，要是赶上周末的话，热烈喜庆的气氛，不亚于过年。

人们手里拎着，肩上扛着，逛累了，找个地方坐下来。大集上有专门买吃食的地方。油条长长的，放在油锅里炸成椭圆形状，因为中间拦了几道，貌似烧炉子时候炉膛里的篦子，于是就叫炉篦子了。这里管豆腐脑叫老豆腐，完全不同于老家那边做豆腐的工艺，对我来说老豆腐最难吃了。除此之外，还有各种烙饼，比赛一般弄出各色花样。我终于在一个小摊前坐了下来，因为我遇见了——焖子。

炒焖子的中年女人头上围着 20 世纪 70 年代的方头巾，土黄色的。腰里扎着花围裙，透过锅里散发的腾腾热气看女人的眉眼，是那种柔中有刚的贤惠面庞。她面前的一口平底锅，正滋滋地响着，地瓜粉和成的粉冻儿正在散发着花生香味的油里"煎熬"着。女人手里是一把木头铲子，她不停地翻动着，时而拿起装着油的矿泉水瓶子朝锅里挤。原来那瓶子早已经过改造，瓶盖上扎了几个小洞，一挤瓶身，出来的油不多也不少。煎焖子是不能多放油的，油多就不容易烙出硬饹，要是粉团的外皮软塌塌的，那就没法吃了。炒好了的焖子被盛进一个相当简陋的塑料碗里，女人一边继续从一个红塑料桶里往锅里舀粉团，一边相当麻利地将事先拌好的麻汁、大蒜水、醋淋到碗里。最后，女人会在你的碗里放一只细铁丝扭成的小签子。那小签子很有特点，两个齿，寸把长，手柄处打了个弯，随便扭了几下麻花扣。

手里拿着这样简陋而新奇的小玩意儿，坐在油渍渍的小马扎上，简易的油乎乎的小方桌上摆着两块钱一碗的焖子，我开始了崭新的美食尝试。小签子很小，几乎拿不上手，但挑起一块看起来糯糯的其实很有弹性的焖子来，还是非常管用的。那淋了麻汁和大蒜水的焖子，入口时是芝麻的香，大蒜的辣，还有米醋的酸。接下来的味道相当美妙，舌苔上有一种爽滑在挑逗你的味蕾，源于粉团的本质地瓜的香已经辨别不出多少，这东西经过熬制、沉淀和泡发，到最后成型被煎成现在的模样，已经没有了前生，只剩下今世的烟火气息、俗世里的家常味道。它被劈头盖脸地淋上了褐色的汤汁，却很快地化解了调料本身的味道，使其与自己融合起来，成就了一种属于自己的醇醇的香。

我对那吃焖子的小签子爱不释手，看到别人用过后随意丢在地上，才明白原来它属于一次性用具，就悄悄地装进了兜里。

后来到了城市，离那所县城远了，再也没有回去赶过大集，焖子在城市里也很少见到了。不过,这小吃毕竟属于烟台,有一次,我在和朋友一起用餐的酒店里,又见到了它。

它被盛在一个纯白的扇贝形状的瓷碟里,瓷器考究精致,它也变了模样。颤颤巍巍的粉冻,一层看起来焦黄酥脆的饹,还是劈头盖脸的麻汁,但不同的是,里面掺杂了整个的扇贝丁,圆溜溜白嫩嫩的,上面还有几根切得细细的红辣椒丝,碧绿的香菜丝,一切显得那么完美。焖子里加进了土地的气息和大海的灵气,还有厨师的精耕细作。眼前是一把锃亮的不锈钢勺子,我试探着伸过去,勺子碰到了盘子的边缘,发出不太和谐的声音,我赶忙把手缩了回来。我确信我已经没有胃口了。

原来,这份属于街头巷尾的小吃一旦登上了大雅之堂,就会面目全非,失去了属于自己本来的味道。

我想,它之所以让我念念不忘,就是因为初见时它的模样。那时候的它,属于熙熙攘攘的大集,属于油乎乎的小方桌,属于细铁丝弯成的小签子,属于那个戴着土黄围巾、扎着花围裙的贤惠的女人。

你不得不承认,有些东西,她只能属于她最初的土壤,最初的河流,最初的家园。

2015 年 12 月 22 日

那些岁月深处的暖

人到中年，慢慢开始喜欢怀旧，喜欢絮叨。而那些岁月深处窖藏着的幽香，也总是会不请自来，慰藉日渐疲惫的内心和日渐沉重的脚步。

1987年秋天，我到离家不远的另一处小城求学读书，但那时从家到学校坐火车有一个半小时的车程。我总是在周末回家，周日的下午再从家里带上一盒饺子和一瓶咸菜返回学校。班里的同学到了周末回家也总是兵分两路，南下的一帮，北上的一帮。那时候火车是唯一的交通工具。车次很少，南下或北上一天基本就一次。这样，车上往往就有很多在各个车站上下车的同校的学生，所以坐火车总是能碰到熟悉的同学，旅程就显得非常热闹和愉快。有一次，我在火车上碰到我一个初中同学，她是在我们学校所在地的前一站西林下车。初中二年级时她就辍学了，据说当时是在西林学美容美发。她见了我以后，特别高兴，我们俩面对面坐着，高兴地交谈着。岁月久远，但那时的情况我还是很清楚地记得的。

初中读书的时候，我在班里年龄最小，学习成绩不错，家境也不错。而大多数孩子的家庭都是比较贫困的，所以成绩不好的同学念几年就不念了，男生女生都要找事情做，帮家里分忧。我们俩高兴地交谈着，主要是她向我打听学校的事，而我也乐于向她炫耀。这时候，火车上有推着车卖冰棍的人走过来，她叫住了卖冰棍的人，拿出钱来买了两根冰棍。她把两根冰棍都递给了我，说自己现在发工资了，平时总买着吃。我那时候真是不太懂事，就接着了，也没推辞。然后我就一边跟她说着话一边把两根冰棍都吃了。后来她先到了那个小站，下车前，她嘱咐我要好好学习，一副长姐的口吻。然后就是挥手道别，至今未见。

一晃近三十年了，我坐在她对面吃了两根冰棍的情景历历在目，她的名字我却怎么也想不起来。我总是猜想她那时的心情，她收入虽然微薄，但毕竟已经自食其力，而我还是一个穷学生，车上偶遇，她自然买不起什么好东西给我，她看着我吃下了她给我买的两根冰棍，就像是表达了一个当姐姐的微不足道的心意。

我十六岁的时候竟然不谙人情世故，全然不懂这番心意。不过懵懵懂懂中这件事还是刻在了我的记忆里。现在想想，其实那时不懂也无妨，温暖和爱，总是会常驻心间，让人难以忘怀。

二十岁时，我毕业回到家乡当老师，偶然机遇教上了高中。按照我当时的学历是不达标的。可初生牛犊不怕虎，自己倒没觉得战战兢兢，周围的人可是啥样的眼光都有。后来我用勤奋和实力堵住了他们的嘴。半年过后，一次大型公开课，我讲解《项链》，纵深的会议室后面坐着很多人，黑压压的。下课铃响，当时身为教委官员的我的初中语文老师从角落里站起，惊动了我们校长，谁也不知道她是什么时候悄悄坐在会议室最后面的角落里的。校长上去寒暄，她朗声笑道："都说我这个学生讲课风格随我，我来看看。"

当时我在最前面，隔着散场陆续走出的学生，朝她挥手，她笑。她随校长走掉，我则带学生离开。之后，我们依然没有再见过面。

多年后,我来到异地他乡,想起这段往事,给她写了张贺卡:“亲爱的老师,我不是您最得意的学生,但我是继承您衣钵的唯一一个。师恩重如山。”

作为教委官员,那天的课她是没必要去的;虽然她是我的语文老师,但那天的课她也是没有必要去听的。可是她去了。我想,她确实是资深的语文老师,她朗声说出的话是她去听课的真正目的。

而此后的我,确实是在努力地靠近她的风格,传承了她对语文教学的热爱,接过了她的衣钵。

来来往往的人,渐行渐远的路。岁月的风烟渐渐浓了,渐渐的,很多前尘过往的影像都不再清晰。走着走着,你会发现,来时的路已经被浓雾笼罩,而前方的路,却不再模糊和遥远。

四十不惑,渐至人生佳境,秋霜冷箭早已被时间的长河滤过,只留下这样一些温暖过艰苦岁月的往事,继续温暖着前方的路。

2015 年 6 月 4 日

怀念拉萨

我一直以为我和拉萨之间的距离，不是借助车马甚至飞机能解决的。在无数次的憧憬和想象之中，我有点神经兮兮地说，都是有一双翅膀在助我。

是一双翅膀，一双劲力得一伸一合啪啪带响的刚翅。这样，我就可以从青海湖的上空掠过，俯瞰祁连山草原、千里牧场，然后穿越唐古拉山口，穿过雪山之巅，穿过云朵，最后停驻在拉萨的某个屋顶之上。

从潍坊动身，坐了一天一夜的火车，才辗转到了西宁。虽是深夜睡意朦胧，但我依然能感受到高原城市夜的清沥。海拔两千米以上的高原城市，即便是省会，即便车马喧嚣的白天，在人流之中，你还是会陡然升起寥落空旷之感。也许是因为天空格外高远格外蓝吧。

又是一天，到达茶卡，再一天到格尔木，宿那曲一晚。终于在动身的第五日深夜，到了星辉斑斓的拉萨。火车换乘汽车，昼夜不停地赶路。五天的行程，我只要一闭眼，就能听见自己的翅膀扇动的声音，那么清晰，那么有力。我的翅膀一开一合，节奏像和着鼓点，而我目光灼灼，直视前方，穿透云层和黑夜，专注地奔向唯一的目标，是的，唯一，拉萨。

我觉得我真的长了一双巨大的翅膀，飞到了拉萨。整个行程，分明就是我飞翔的全部过程。路漫漫，山重重，虽是一些人共同的旅程，但对于内心世界而言，这旅途是我一个人的，是属于我一个人的内心的自由之旅。因为是一个人，照顾好自己的冷热温饱即可。剩余的，就是让心生出一双翅膀，然后带着自己的身，缓缓飞翔。

飞翔。从海拔几十米到五千米以上。越飞越高，越飞越远。离开所谓文明繁华的城市，把自己安置在离天最近的地方，伸手就可以触摸星辰和云朵的地方。

拉萨，做过一千个关于你的梦。梦里，经幡在风里哗哗飞扬，煨桑炉青烟袅袅，青石板路被清晨的细雨打湿，一群穿着暗红色衣袍的僧人脚步匆匆，布达拉宫端坐不语。一切都是梦里的样子啊。我怀疑眼前的景致曾经在我的眼前出现过，然后又倒映在我的梦境里。不然，怎么会如此雷同？甚至清晨的青石板路都是一样地被细雨打湿。

多年前读过一点点《藏地密码》，因其艰涩而半途搁置。藏地风光片也欣赏得不多。唯一爱不释手的，还是那本《仓央嘉措诗集》。许是对这诗集的爱不释手吧，冥冥之中，梦里就还原了这异域的风情。

我从没有焚香的习惯，连香水也很少用。可见到藏香，还是不假思索、毫不犹豫地买下了六盒。价格不贵，但远路带回，也确实是因为喜欢。“藏香”一词，就让人心驰神往。许是职业之癖，我常对汉语中的某些词语暗生情愫，浮想联翩。“藏香”是一个。藏香顾名思义就是藏地的香，但因了“藏”是个多音字，我就觉得是藏着的香，那便是暗香了。这样一想，就像是暗夜里飘来的一股幽香，或者是远古的幽香在空中氤氲。带回的这些藏香，五盒送了掂量了好久的五个朋友。感觉她们都是能善待这缕香的人。现实中，我是一个很吝啬“物”的人，有时候钱财倒不是很在意。物品却不行，总怕自己的东西到了别人手里得不到善待，哪怕是一本书一件旧衣服。这几个朋友各个喜上眉梢，也算是和这香之间的一段小小的缘。

余下的一盒，我自己留好。前几日，用矮小的玻璃杯装了大半杯小米，拈来一根藏香，折成几段，插进小米里，点燃。好闻的香味在厅里弥漫开来。因为天气还暖，四下通风，不久就消散尽了。于是我不舍得，还是待关窗关门的寒冷日子再用罢。那时候，外面是凛冽肃杀，屋里是其暖融融。一杯清茶，一本线装的古书，再配上这幽幽的暗香，细细的袅袅青烟。茶香，书香，藏香，齐齐香来，将这纷繁俗世全都抛下，不亦快哉。

在拉萨，我见到了不同的生活方式，感受了人生的多姿多彩。这是一条信徒朝圣的路，是通往天堂的路。信徒们朝圣的行走方式，耳听为虚眼见为实。转山转湖转佛塔，也只有在诗歌中才浪漫。那么漫长的朝圣的路，用叩首跪拜走完，那是虔诚的心借助肉体的痛和血的朝拜，是用固若金汤的信念积累来世的幸福。在有着千万盏酥油灯的大昭寺，我被酥油的烟熏得眼泪汪汪。其实我知道，这些眼泪至少有一半是为那些衣衫普通甚至褴褛的信徒所流。也说不清楚是啥原因，自己的泪窝子就是浅，受不了这样的感动。

通往天堂的路上，那些风尘仆仆骑行的老者、年轻人，有成群结队的，三两成伴的，也有独行的。在格尔木的那天晚上，我们遇到了从西藏骑行回来的莱阳老乡，一个老者和一个与我同龄的男人。据朋友说，他们的经济条件很一般，甚至可以说是节衣缩食来做这件事。但看他们胡子拉碴的脸上隐藏不住的斗志和激情，真让人不由得感叹：这人生啊，怎么活才精彩？他们介绍说，进藏的骑行队伍中,中老年人很多。说有一个大连的六十多岁的老太太,每年都来这里骑行,被称为青藏公路上的女明星。沿途进藏的司机朋友,很多都认识她。真的是传奇人生啊。

青藏路上骑行的人,徒步的人,叩长头的人,自驾的人,还有我们这样跟着旅游车走的人,这些形形色色的人,都在以适合自己的方式,寻找人间净土,寻找自己的精神家园。

告别拉萨已经两个多月了,但一直都回不过神来。我知道,那决不是唯一一次,用不了多久,我一定还会去那里的。

怀念那样一座城,怀念一个人走在路上的感觉,更怀念那一段心灵自由飞翔的日子。

2010 年 10 月 1 日

曾经错过那一场流星雨

住在喀纳斯的那一晚，正好是七夕。俱乐部的领队大伟早在路上的时候就兴奋地告诉我们，那一夜有流星雨。他是懂天文知地理的，这个我确信。团里半大的孩子们也都非常兴奋，摩拳擦掌，好像可以帮点什么忙似的。

虽旅途疲惫，但到达喀纳斯的时候，我还是着实被震撼了。那是怎样的一个神奇的地方！湖水醇醇的绿，微风掀起她的涟漪，像一匹巨大的绸缎，在微风里一波一波地晃。那绿，浓得化不开，风也吹不动，只是晃。我的目光一定相当贪婪，被这湖光牵着，丝毫也挪不开。

喀纳斯藏在深山，来时的行程让人感觉像是要去天边一样，都到了贾登峪的入口处了，汽车还没完没了地往前开，就为这一眼遗世独立的美。

我们住在木头板楞筑成的小房子里，一个大通铺，足以安排下我们五个大人四个孩子。喀纳斯的夜晚真凉啊，整个人就像是浸在哇凉哇凉的泉水里。孩子们听说那夜有流星雨，兴奋得睡不着，打起了扑克，说是要一直等到夜半时刻。我则披着所有能取暖的衣衫缩在靠边的铺位上打盹，还反复叮嘱孩子们到时候一定要叫我。

夜半，朦胧中我听到了窸窸窣窣的脚步声，穿衣服的声音，走路碰翻了地上盆子的声音。潜意识里，我知道是流星雨来了。女儿伏在我耳边轻声叫我："妈妈，去看流星雨。"我咕哝了一声，怎么也熬不过睡神的诱惑，犹豫了一会儿，眼皮儿还是睁不开，翻过一个身，又沉沉睡去。

等我再次醒来，屋子里已经恢复了寂静。只有均匀的呼吸声还有香甜的梦中呓语。他们都睡熟了。我披好外衣，蹑手蹑脚地走到了外面。终于站在了广袤的天地间，湛蓝的天幕上，群星依然闪耀。我忽然清醒地意识到，我站的这个地方，广袤到占了我们国土面积的六分之一。这个地方的天空，星星离我们是那么近。而此时，我已经有许多年不见星星了。那些闪耀着的眨着眼睛的天空的宝石，还挂在我童年的树上呢。忽然，一颗流星划过，倏地一闪，就像烟花，但比烟花的速度要快，留下一道划痕，就落到了远处。我好像忽然明白了，那远处的喀纳斯湖，湖底是不是落满了这样的星星啊，不然怎么就浓得化不开，风都吹不动呢？

那一夜，我一个人，站在离喀纳斯很近的村庄里，浸在后半夜的凉里，看到了几颗流星划过天际。

天亮了，星星隐退，曙光乍现，孩子们还有那几个同事都在热切地交流着昨晚看到的美景，抒发着自己的震撼，我这才知道，九个队友中只有我一个人错过了那场流星雨。

闭上眼，脑海里浮现出我一个人独享的那颗星星划过的痕迹，我知道那已是极至的视觉盛宴。可假如有万千的星星划过，它们像比赛一样，看谁划得快，看谁的弧线美，看谁能准确地落在喀纳斯湖的怀抱里……那又将是怎样一番无以言说的美！

我知道，我已错过。永无弥补。

后来，我一直走在路上。闲的时候，我走过许多地方，雪域高原，黄河九曲，大漠落日……吸取先前的教训，只要眼睛能睁开，我就努力不错过任何一道路上的风景，努力让这些路上的风景都定格在我的记忆里。

因为我知道，有些路，一生只走一次。

2015 年 9 月 10 日

爱人，我以乳名相赠

她是从袅袅炊烟升起的那个村落一路走来的，我的爱人，你知道吗？那个乳名，曾经伴随着村口那棵已经半枯了的老柳树，多少次在春风里摇曳过；那个乳名，曾经在雨后无比清新的空气里浸润过，多少回在弯弯的虹桥上荡漾着；那个乳名，曾经散发着奶香，多少回缭绕在童年蹒跚的步履中。光滑的井台上有她辘辘摇起的甘甜，平整的田垄上有她追逐戏耍的蝶舞和蜂影。

她是从馨香的黑土地中一路走来的，我的爱人，你知道吗？那个乳名，曾经被祖母苍老的手摩挲出了老茧又翻出了新芽儿；那个乳名，曾经告慰过祖父宽阔的胸膛和温唇，是他含笑着留在世上的最后的语言；那个乳名，是曾经被呼来唤去的乡土间的草根儿和土粒儿，也是那漫山遍野盛开的一朵杜鹃和清澈汤旺河里的一尾游鱼啊。

我的爱人，给你我的乳名。每当你唤起她，我的眼前总是村庄上空袅袅的炊烟，我的耳边总是牧童归来的悠扬短笛，我的梦里总是月落乌啼霜重天寒的遥远的故园啊。青青的杨柳，俊俏的白桦，参天的红松，还有那成列的原木，随着森林火车的鸣叫，一股白烟，吞吐着远去……

我的爱人，给你我的乳名。每当你唤起她，总会有母亲的严厉伴随着慈爱，总会有父亲的责骂夹杂着嗔怪，总会有姥姥衣襟下的护卫和藏在身后的小鹿般的惊恐啊。这个乳名，是学龄前带着一大帮小伙伴在树林里的冲锋陷阵，是书桌前彩笔画出的天安门的向往，是青涩的橄榄散发的苦味儿。这个乳名，见证了天真少年的多少情怀啊！

我的爱人，给你我的乳名。每当你唤起她，一种来自遥远记忆中的温暖液体就会紧紧包围着我。我神游其中，每一个细胞都熨帖地舒展开来。舒展成晴空里的云朵，舒展成柔媚的柳枝，于是，柳浪闻莺处，春深似海。

我的爱人，给你我的乳名。每当你唤起她，一份来自地层深处酝酿了千年的潮汐就会汹涌成一片激情的大海。我放纵自己，每一次的冲击都不可抑制，每一次的迎接都迫不及待，撞击着礁石碎成千万朵浪花，化为海鸟呼唤着风暴的侵袭，而每一次的潮涨潮落啊，都裹挟着忧伤和爱。

爱人，当我在一条不知名的小路上游荡，忧伤的夜色已经开始笼罩我曾经明亮的双眸，不经意间，在一个拐角，我与脚步匆忙的你，撞在了一起。撞在一起的，还有那么多青春的往事和记忆，还有那么多失去又得到得到又失去了的温馨、甜蜜、怅惘和苦难啊。当你伸出手来扶起裸足的我，我就和那来不及掩饰的颓废、抑郁一起站立。忽然，阳光的味道扑面而来，双眸被星子的光辉照亮。于是，我把那盏萤火虫的灯盏交给夜色，我知道，黎明，黎明就要来了。

当我们深深相爱，忘情于山水之间，爱人，我只想告诉你，我是一个村姑，是一个喜欢穿着粗布花袄梳着油亮的大辫子的村姑。清亮的嗓音是山间的小溪给我的馈赠，温和的微笑是宽厚的大山赋予我的秉性，质朴的语言是松香里散发的纯真。还有我那卑微的乳名啊，也是这山野间永远割断不了的挂念。

当我们走出黑夜迎来黎明，爱人，我只想以我的乳名相赠。赠予你的，还有与这乳名一同降生人间的久远回忆、故园深情、血脉相牵，以及一个村姑的执拗和忠诚。

爱人，当你亲切地叫我的乳名时，我知道，你的爱牵着乡情，牵着永无割舍的亲昵，从遥远的北国故土一路向我走来……

2006 年 11 月 6 日

小红

认识小红是在一家美容院。她真的叫小红，不是艺名，也不是我顺笔编造的。给20世纪80年代出生的孩子随意地起这样一个名字的家长，一般文化水平不会很高。果然，她来自东北农村，父母均是农民。

小红个子有点矮，相貌一般。她是为我服务的一个不知道有没有美容师资格证的女孩。几次下来，我们彼此熟悉了，开始紧一句慢一句地聊天。因为她的乡音，我问了一些她的情况。小红很坦诚，有着东北人的实在劲儿。她对我说起她的经历。

她十六岁初中毕业，因为不爱念书，家里又没有条件供她学点手艺活，就到家附近的县城去帮工。先是在一家小吃店卖早餐，几天后，心明眼亮的她竟然学会了炸油炸糕，于是被小吃店老板委以重任。挣了两个月的工资，她也攒够了路费，于是投奔了一个在烟台打工的邻家姐姐。不巧的是，她到这里没几天，那个邻家姐姐就因为受不了打工之苦，回了老家。而人生地不熟的她，在报纸的中缝里找到一户寻保姆的人家，去应聘当起了小保姆。还是孩子的她，为那家主人照顾起一个不到两岁的小孩子。她服务周到有眼神儿，能吃苦，在这家待了两年不到，她把赚到的钱，一半寄给了家里，一半交了学费。她不想当一辈子保姆，她要学手艺，于是告辞了这家后她去了一家美甲连锁店学习美甲。手艺学成，自己租了节柜台，开始做起美甲生意。慢慢积攒的收入，使得她又有了学费去学美发。就这样，打一段时间的工，赚点钱，就去学点手艺。她在5年的时间里，先后学了美甲、美发、美容。

现在，她受聘在这家美容院，月薪是一千元，还有提成。我问她够用吗，她说，还可以攒一大部分。因为她现在住在美容院提供的宿舍，每天早晨喝一袋豆浆，晚饭基本不吃，只吃一点苹果之类的水果，她说这样有很好的美容效果，而且减肥。上下班都不坐公交车，她说这样锻炼身体。

使我觉得这个小姑娘了不起的是，前年她把家乡的弟弟也带到了这里。弟弟也和她一样，学习学不进去，想出来打工赚钱。她和弟弟租了一个房子，弟弟在一家汽车大修厂里找到了工作。姐弟俩相依为命。她经常鼓励弟弟，希望弟弟能好好干活，将来姐弟俩赚够了钱，买一个房子，把父母接过来。遗憾的是，弟弟工作不到半年，在一次维修中，由于自己不小心，砸断了手指。家里便不想让唯一的儿子在外面遭罪了，于是，弟弟被招回了家。弟弟走了，她为了节省开支，退掉了房子，搬到了美容院给员工统一提供的宿舍。

有一回，她给我讲起家里的事，把我逗得很开心，开心之余，对她更是刮目相看。

她是长女，才二十几岁，父母的年龄应该也不会太大，怎么会让这样小的孩子外出打工赚钱养自己还要养家呢？于是我就问起她父母的情况。

一说起父母，她眼里都是光彩。她说："我爸爸可有意思了，特别懒。夏天的时候，我说你们种点菜去卖吧，我爸爸说，家里没井，浇园子不方便,种啥菜啊。于是,我寄钱给他们打井。过了一段时间,打电话问家里什么情况。爸爸又说,种菜不赚钱啊,人家都养猪。我就说,那咱家也养吧。爸爸说,我是想养,可没钱搭猪圈啊。于是我又从牙缝里挤出点钱了寄回去给家里搭猪圈。又过了几天,再问,爸爸说,没钱抓猪崽子啊。她说到这里的时候,我们俩都笑得不行了。我都快笑出眼泪了。我觉得她爸爸真是很典型的那种东北农村的好吃懒做的男人。我追问,后来呢?她一边哈哈笑,一边说,你说我爸爸这样的人,可能养成猪么?我奇怪她非但不生气,还能笑得出来,语气中对爸爸竟然都是嗔怪,并不气恼,仿佛还觉得很好笑很好玩很开心。

穷人的孩子早当家。这话一点不假。这个80年代出生的孩子,不但靠双手养活自己,还要养活好吃懒做的父母和做事毛躁的弟弟,并且能很快乐地奉献着,生活着。

我问起她今后的打算,她很有信心地对我说,将来赚够了钱,自己开家美容美发美甲一体的小店,也尝尝当老板的滋味。然后,再赚了钱,就买房子,把父母和弟弟接来。

想想这个打工的家乡小妹妹,再想想日益增长的类似天文数字的房价,我不知道,她当老板的可能还有没有,她接父母的愿望会不会实现,但我可以肯定地说,因为有这样的梦想,她才能一个人在异乡独自艰难地生活,才能忍受在春节万家团圆的时候为了节省路费而独自蜷缩在宿舍里,连顿饺子也没地方吃的生活,才能忍受那些日常的冷暖,忍受那些头疼脑热、委屈辛酸的生活。

也许,有梦想的支撑,人活着才有奔头,走起路来,才有劲头儿。

2007年11月7日

梁三儿

梁三来烟台十二年了，还在一家市场上摆摊子卖菜。所不同的是，他现在不是零售蔬菜，而是早晨三点就去批发，然后五点多整理完毕，等着几个固定的小饭店来他这里拿菜，不到八点，他一天的活就算完事儿了，每天的纯利润五十元左右，正好养活老婆孩子一家人。

前些时候，因为他大哥来这里接他老母亲回东北老家，我才有机会见到这个很远很远的远房亲戚。

我们接了他大哥，并且把他大哥送到他家。见到梁三的时候，是下午三点，他喝得通红的脸膛上，长着乱糟糟的胡子，穿了件破夹克，一身灰一身土的，一副不修边幅的样子。他家住在蓬莱，那是个风景秀美的旅游胜地。他住的那条街对面，有着这个小城最古老的建筑，而这条街也是这座小城最古老的街道，充满古风古韵，当然也不乏现代气息。我们没进他的家。他租住在一个独门独院的平房里，每月月租二百元。他说，要是他来的第二年买房子的话，当时他买得起，那时候才四万元左右。现在恐怕是不行了，所以十年来，一直都是租房子住。

梁三有过一段辉煌的日子,是 20 世纪 90 年代末期。春节一过,他就从蓬莱用竹筐装上满满的草莓,然后头天晚上坐船到大连,一大早晨把草莓批发给当地的商贩,接着再坐船返回。每天一趟,一次的利润是百元左右。就是在那时候,他积累了几个钱。想想自己这样辛苦赚钱,终归是不过瘾,于是,再有了一点积累以后,他就想做点大的买卖。2003 年秋天,他到四川去贩橘子,没想到路上出了车祸,人没咋样,但一车橘子都烂掉了,就这样把几年积累的 4 万块钱都赔了进去。

他不怕吃苦,也经得起折腾。回到家后,一切从头再来,便又开始在市场摆摊子卖菜。夫妻俩起早贪黑地干了几年,但仍是一分钱都攒不下。一些必要的生活支出,房租、水电、通讯、孩子念书等等,基本上一年到头白忙活,算是年吃年用。再加上他平时好喝点酒,总是有几个哥们,没事就整俩小菜儿,喝几口,也算是排忧解闷了。

说没积蓄吧,也不准确。2004 年春天,一个东北的哥们来找他,张口就借八千块钱。两人喝起酒来,哥们义气一上来,梁三吆喝老婆赶紧给哥们准备钱,那哥们感恩戴德,一再表示日后一定报答。就这样,梁三送走了哥们,八千块钱也打了水漂儿。据说,这样的事情不止一次,但三儿确实没记性。

梁三在 2001 年把七十多岁的老娘从东北老家的山上林场接了过来。他觉得自己住在蓬莱阁下,享受着冬暖夏凉的好气候,吃着小虾小蛤的海鲜,自己老娘在山上林场还一个人采山拾柴火,很不孝顺。老娘来了,准备在这里养老,随身带了一堆破烂东西,连装殓衣服都带来了。没想到,这里气候条件真是适合养老,待了五六年了,身体依然硬朗得不行,但脑袋却出现了老年痴呆的症状,总是和媳妇闹别扭。再加上他们的日子依然没有什么改变,万一老太太有个三长两短,看病也看不起,耽误一天的买卖就一天没饭吃,这工夫实在耽误不起。于是又和大哥商量着，接了老太太回去。

这趟接送，我目睹了两个场面。送他大哥去他那里的时候，当时我们到了电话约定的地点，只见三儿和老太太都在那里等。这大儿子也五十多岁了，五六年没见老娘，老娘满头凌乱的头发，背弯着，腿佝偻着，他走向他娘，没有我想象中应该有的拥抱，却给老娘扑了扑身上的土。那时候我就想，人啊，八十岁也要有个娘。那个场面让我时常回想，儿子没能耐，娘就要遭罪啊。老太太走的时候，也是我们开车到了指定的地点。三儿和他大哥还有老太太等在那里，没有孙女和三儿媳妇。说是怕十五岁的女儿哭闹（这孩子是老太太一手带大的），媳妇在家看着孩子。老太太自然还是要带着五年前来时的那些破烂，当然，随身带着的，还有那套装殓衣服。三儿看样子中午又喝了，脸红扑扑的，把他老娘扶上了车，给她捋了一下被风吹乱的头发，然后对着我颇为豪气仗义地说："下次到蓬莱，有事儿吱一声！"

不知道他和他八十多岁的老娘，这一次别离后还能不能再见。但愿三儿还能有机会回家乡去见老娘！

忘了补充一句，三儿今年三十七岁。

2006 年 12 月 5 日

姥姥，祝你生日快乐

一

明天是你的生日，这个日子和平常的许多日子一样，没有什么特别。我只是在一个偶然的日子忽然想起你的生日是在早春，于是打了电话询问才获得了准确的答案。

我给你买了一件衣服，这件衣服已经在我计划好的日子里邮寄出去，今天准时到达了你的身边。这是我这么多年来第一次给你买衣服，以前我总是图省事，逢年过节只是寄点钱给你，还总是觉得自己的表现相当不错。现在想想，表达爱和感恩，是需要用心来做的。

你明天会穿上我给你买的那件衣服吗？我想了很久很久才决定给你买这样一件衣服，并且为此找了好几个地方。这件大红色的羊毛开衫，开襟两边手工缝串的那些亮片和珠子使得这件衣服靓丽极了。我特意给你买了大一个尺码的，你瘦弱的身体穿起来会显得有些肥大，我是怕你的胳膊抬不了太高，穿起来费劲，而且你的腰部也因为常年瘫痪在床，已经和身体有着不成比例的粗。

我知道，你今生应该从来没有穿过这么好看的衣服。你很少穿新衣服，总是穿她们淘汰下来的或者是自己缝制的布衣。很少有人会想到，其实，你也是个女人。在我的记忆里，你一直穿的都是蓝的灰的黑的那些颜色，你的短发齐耳，别两个大头卡子，几十年没变化。其实这也不能怪你，毕竟我认识你的时候，你就已经是50多岁的人了。

那么，在你年轻的时候，你有过红红绿绿的鲜艳吗？那时候还没有烫发的技术，你用炉钩子烫过刘海儿吗？用夹竹桃的花瓣染过指甲吗？你偷着用过菜籽油抹过曾经乌黑的发辫吗？

二

你经历过那么多的岁月风霜，20几岁就守寡，辞别了爹娘和几个同乡从吉林梨树老家拖儿带女来到林区，为了抚养孩子而选择再嫁。从此，你用一双手，拨亮那些艰难岁月里奄奄一息的灯火，打点着柴米油盐的尘世生活。

你嫁的那个人，是你一辈子都“防”着的人。你不想让你的一双儿女受到一点委屈。但后爹终归是后爹，你和他打了一辈子仗。你打得理直气壮，因为你们有约在先，闺女念高中儿子读大学，这是你嫁人的条件，他不敢不供他们念书。你的儿女都很争气，该念的书都念到了，没有辜负你。那个人，也得到了应有的回报，你的儿女给他养了老送了终。并且他自己留下的骨肉，一直在他们的庇护下活着呢。

你这个善良的人，这辈子没过过什么好日子。一直病歪歪的，从年轻的时候起，肺结核就与你一路相伴，你吃过的那些廉价的药，远多过你吃过的米，吃过的肉。你在那些艰苦的岁月里，把好吃的留给老头子,好穿的留给孩子,而你得了一身的病。你的儿女还算成材,都有体面的工作和生活。

我记得每年汤旺河开化之季,就是你最难熬的时候。你的哮喘病通常在这时候发作。你坐在炕上,大口喘着,一口一口地倒腾着气,非常艰难地呼吸着。要是顺利过了这段日子,你就可以平稳度过夏天。但是到了上秋的时候,要封河了,你的这个哮喘的毛病还是要犯上一回的。谁也不会想到,一辈子干净整洁的你,临到了生命的末年,竟然因房檐子下面的冰溜子化的水又冻成了的冰,摔折了胯骨,瘫痪在床。

三

听到这个消息的时候,我撕心裂肺地哭着要回去见你,我怕你受此一击,活不过那一季。那一年,我的孩子才一岁多点,我带着她昼夜不停地赶了回去。

就这样,你见到了我的女儿。这是你的女儿的女儿的女儿。你已经晋级为太祖母了。你说这是你所想不到的事。你看着我结婚送我走的时候,就曾经说过这样的话,你说你这辈子怎么也想不到会看到我结婚。可我的女儿看到你,一点也不亲,甚至有点害怕。你说自己很脏,让她离远点,但你又忍不住要抚摸她的头,唤她的小名。你说自己是个穷老太太,啥也没有,但我们走的时候,你还是把你的一枚金戒指重新打成象征着长命百岁的小锁头,将它挂在她的脖子上。

最近几年,我们都在可能的情况下争取一切机会回去看你。其实,我是知道的,见一次少一次,说不定哪一次的相见就是诀别了。我知道,当我和你天人永隔的时候,我对那片土地的牵挂,就会淡漠很多很多。毕竟,我对故乡的全部的记忆,都是因为有你。

四

我是在你的臂弯里长大的。你不识字,连自己的名字都不认得。可你却教会了我很多关于泥土的关于自然的知识,这是无比丰富而宝贵的财富。你会说很多的农谚,我到现在都记得,“七九河开,八九雁来”……你也有很多非常朴素的做人准则,这也是对我影响极深的。

那一年冬天,隔壁徐家发生了一场大火,是你像疯子一样满大街喊破了嗓子连跑带叫的从厂部里找回了开会的大人,砸破了他家被冰溜子冻严实了的门,把三个年幼的孩子救了出来。为此,你病倒了。那三个孩子都已经长大成人了,他们亲切地叫你“曲大娘”,你每年的生日,他们都会送来蛋糕祝你生日快乐。

我上小学的时候,你每天送我过大桥,不让我趴在栏杆上往大桥底下看。我放学回来,总是远远地就能看到咱们家屋顶上的炊烟,而你总会在雾气缭绕的灶房里为我准备好可口的饭菜。我喜欢吃你做的饭,尤其是你的粗粮细做,吃了那么多年,我一点也没吃坏胃口。现在,我依然深爱吃粗粮。

我上中学的时候,有个好朋友的家在山上林场。每天通勤很不方便,后来她母亲去世了,她的日子更是悲苦。我同情她,就把她带到了咱家,你竟然收留了她一年多。现在想想,你是多么伟大啊。

我上中专的时候,姥爷去世已经很多年了,你每个月都有一点抚恤金。你总是偷偷地塞给我三块五块的,让我改善伙食,因为你知道我从不乱花钱。

这些都是小事,是尘封了的记忆中的点点滴滴。但我今天回忆起来,依旧那么清晰,就像昨天发生的一样。一转眼的工夫,我就成了将近四十岁的中年人了。我在你的呵护下,远离“战火纷飞”的家庭,很少受到武力的恐吓,同情别人的心得到尊重,我的心态健康,内心世界始终充满阳光。这是值得我终生感激的。

五

明天,就是你的大寿了,你的八十八岁的大寿。我要恭贺你,走过风风雨雨,有这样的高寿,这是多么不容易的一件事。我不迷信,但我对你能如此高寿的理解就是,这是你前世修来的。你曾经对我说,你上辈子做了坏事,才惩罚你今生受罪,没完没了地受罪。可我说,你这样的老寿星上辈子一定是积大德了,否则怎么会即使身处困境,仍然能够长寿呢?你这一辈子,就是一本厚重的书,在这本书中,你用自己的柔弱而坚强的性格书写着善良,仁慈,刚气和宽容。

姥姥,我的八十八岁高龄的姥姥,在你生日来临之际,我在遥远的渤海之滨,携着我的家人,为你献上内心深处的深深感激和由衷祝福:祝福你能愉快而幸福地度过每一天!

2008 年 4 月 1 日

赶小海

来海边十多年,这次若不是远方的朋友垂柳来,赶海的事儿,还是会推到猴年马月去。

第一次去赶海,在这个"十一"黄金周。节令气候不对头,天气也不算好。别人描述过的场景与快乐,恐怕是要大打折扣的。带着这样的心情,我们一行六人(全是妇女儿童)驱车六十千米,将近一个小时的路程,到达隶属烟台开发区的八角港。

准备不是很充分,也没有经验,到的时候已经开始涨潮。偌大的海滩,寥寥几个渔妇,带着围巾和手套,拿着尖利的器具,敲敲打打的样子。大螃蟹横着爬,大海螺招手笑,海鱼因为落潮滞留在海滩然后飞身跃起的场景,全都成为想象了。孩子们也掩饰不住失望。

转了几圈准备返程,不经意间翻开礁石间的小石头,竟然看到很多小螃蟹。"确实是在横着爬耶!"随着一声兴奋的尖叫,孩子们围拢了来,于是,这些还带着奶黄嘴儿的小螃蟹成了我们兴奋的焦点,石头被频频掀起,小崽子螃蟹横着四处乱窜。它们那样嫩小,还没有长出御敌的武器,有的干脆就爬进海牡蛎的空壳里,算是躲过一劫。一个小时后，足足小半桶螃蟹，都成了我们的战利品。两个半大小伙子从我们面前走过，也同样拎着个桶，我们伸了脖子往桶里看，都吃惊了，他们抓到的竟然都是半大的螃蟹，那么一大堆，好可观的一大堆啊。于是，大家看着自己抓的小崽子螃蟹，有些悻悻然。

嘿，没关系，我们明天早早起床，还来，好不好？

孩子们欢呼雀跃了。

把闹钟定好，把早餐的面包牛奶香肠都装好，准备一睁开眼睛就开车往海边走，务必要赶上退潮的时间，务必要找到那样的大螃蟹。

这一回，我们算是过足了瘾，尝到了亲手抓大螃蟹的滋味。

天刚朦朦亮，兴奋了一夜的我们就上路了。各个装备齐全，摩拳擦掌。小盆子，小红桶，胶皮手套，还有非常合脚的鞋子，全副武装，八角港的大螃蟹，这回看你往哪跑！

第一只螃蟹是我发现的。它被我掀起的石头打扰了美梦，但它第一个反应并不是逃走，而是本能地把两只大钳子竖了起来，整个身躯呈现出立着的状态，准备迎接战斗。随着我的尖叫，孩子们都围拢了来。几双眼睛盯着它看，大家屏住呼吸，仿佛出了动静儿就可以把它吓跑似的。垂柳戴着手套呢，一马当先，一把叨住螃蟹的一只爪，迅速从水里把它拎了出来，但不幸得很，这螃蟹的另一只爪子发挥了作用，她被夹得大叫起来。不过，擒住了这只螃蟹，算是我们赶海开张了。

我们兴奋地抓到了第一只螃蟹，信心来了，动力也来了。想着中午抓满了桶，回去蒸上一大锅，午饭就可以解决了。于是，我们分工合作，敲海牡蛎的拿着小锤子到处敲，找剥螺的拿着小盆子在石头缝里一个一个地捡。我呢，因为眼神最好，就负责找螃蟹，只要找到，马上呼唤垂柳来逮。哈哈，就这样，我们发现了一只又一只，一个比一个大，一个比一个让我们兴奋。至于头天看到的那些小崽子螃蟹，我们就放它们一马。抓它们，也太小儿科了吧！

不知不觉中，海水在一点点上涨。这些暂时搁浅在海滩上的海里的精灵，就要告别这死亡的威胁了。我们也随着海水的上涨，陆续往边上撤。就在这时候，垂柳发现了一条有半尺多长的大鱼，正在一汪很少的水里扑腾。而我透过海水，在黑黑的石头缝边上，发现了一只露出肉刺的海参。天呐，看那尖尖的肉刺，是一只成年的大海参。它一定是从旁边养海参的池子里不小心来到这里的。否则这里怎么会有海参呢？来赶海的时候，就被门口的看管吓唬了一顿，说玩玩可以，抓点什么都可以，但千万不要碰人家养殖的海参。我当时还觉得是无稽之谈，这里怎么会有海参呢？要是有的话，怎么可能让我们进来赶海呢。

不过，事情是千真万确的，果然有一只海参逃出了海参池子，但最终没有逃出我的视线。在黝黑的石头缝里，我是窥一斑见全参啊。垂柳又大显身手了。这回我们可没敢尖叫，互相连一句多余的话都没有，只有行动。一只大海参，还吸附在石头上呢，就被垂柳生生地给拽了下来。怎么办？马上吃掉？否则，是要化的。不行，就这么吃，垂柳可不敢，再说也太恶心了吧。那就带回家煮着吃，补补她登泰山的劳累，嘿嘿。

我们开着车，驰骋在宽阔的大路上的时候，盘点起今天的收获，那真是相当可观，足可以饱食一顿最鲜最美的最原汁原味的海鲜了。

2007年10月14日

与猫的缘分

我小时候在东北最寒冷的林区度过。那时候都是平房,一大铺火炕。养猫养狗都是稀松平常的事,鸡鸭鹅也都很健康。家猫笨狗,不是当宠物养的,是玩伴,也是朋友。

“来猫去狗,越过越有。”回想起有猫陪伴的日子,年头太长了。直到那年结婚离开故乡,身边还是有一只大黄猫,只是我走了以后,那只老猫也主动离开了老家。我对猫的记忆,很早以前的都很模糊,至于姥姥曾说过的一只大猫将猫崽子生在我们那个火炕的炕梢上的事,我更是没有印象。

不过我对猫的审美说起来有些与众不同,我最喜欢的是狸猫,身上有灰黑的条纹,我亲昵地叫它们梨花大猫,我以为这样的才是真正意义上的猫,才最像猫,最有猫样儿。没接触过太多的猫,听说猫的品种不少,也许只是因为自己养过的均是这样的梨花大猫吧。

说说我养的离现在年代最近的那只吧,要追溯到十五年前。

它是我在农村的那所学校的意外收获。

那只猫还很小。在农村学校的一溜儿平房里的某个仓库间,锁头是链条式的,猫从里面伸出爪来,自己却弄不开门,急得喵喵叫。

那时候,初到异地他乡的,听不懂方言却能听懂猫语的我,正好路过。于是,使劲挤着那木门,将手伸进去,一把就把猫拎了出来。

这是一只误入仓库间里出不来了的流浪猫。具有一切流浪猫的本性——黏人。只要有人搭理它,它就使劲卖萌,期待着你带它回家。下午三点多的阳光照着我和这只猫,我想,在它伸爪子的时候,它就已经决定不吃农村的耗子而改吃城里的了。怎么带它离开,顺利回到远在二十里地以外的县城我那间租住的蜗居?

那年春天,阳光暖洋洋的,校园里没有一个人。我用自行车前面的小筐载了我的猫,再把小筐的上面用玻璃丝绳子一道一道地缠好,一路飞奔,连假都没请就提前下班了,骑车的速度比平时加快一倍。

这猫就是一只典型的梨花猫,但是还很娇小,有着纯净的眼神儿,粉嫩而湿润的鼻子尖儿,可它的眉眼腰身已可以看出不久之后的俊朗和健壮了。

它在我租住的房子里安居下来,几天就熟悉了环境。我们特意把外面一间厨房的窗玻璃卸下来一块,又糊上报纸的一端作为窗户帘儿,以方便它来去自如。

除了刚来的几天喂了几次特意买的小杂鱼,之后我再没为它的饮食起居操过心。只是为它准备了一只陶瓷的饭碗,每天给它装满清水。它每天都要喝一大碗,呱唧呱唧地舔水,很快就能喝掉大半碗。

至于它吃什么,就不得而知了。但是它长势迅猛,那毛油光锃亮,睡了懒觉后一伸腰,猛然发觉它已是壮年,雄姿英发,威武不凡。

说起这只猫的轶事,真是令人念念不忘。

都说狗通人性,我看这动物养久了,都是要通人性的。而且,同样是猫,通人性的程度肯定也不一样,人的智商和情商都是有差异的，何况猫乎？

我爱人不喜欢猫。但那时我们新婚，初到异地，也很寂寞。他就由着我养，也不是不喜欢，主要是嫌脏。

他倒没表示什么厌恶，但不是很亲近。猫对我们俩，也就有不同的态度。平时白天我们上班，它就睡在我们的床上，正好可以晒太阳。懒懒地美美地睡一大觉。每次我先回家，都见它在睡觉，可要是爱人先回来，哪怕它正在做梦，也会一个机灵蹿起来，回到我为它预备好的铺了垫子的椅子上去睡。而且绝对能分辨出不同的脚步声，不等他进屋就迅速地完成这一系列的动作。

这样的情感好恶，还有更鲜明的表现。我们那时候住的条件也不好，两个大长屋子，外面的一间做厨房，里面的一间住人。但我们收拾得很干净整洁。通常鞋子就放在两个屋之间的门外。进了里屋自然要穿拖鞋，虽然只是水泥地面。有一天早晨我准备起床做饭，迷迷糊糊的也没仔细看，就伸脚穿鞋，一个软软的东西吓得我直喊妈呀妈呀的，再一看，一只硕大的耗子就顺着放在我的鞋子里。感情是这猫给我带回来的礼物吧。再看爱人的鞋子里并没有这个。要知道，爱人的鞋子又大又宽敞的，装耗子似乎比我的更合适些。这样的事情后来又发生过几次，我才相信这绝对不是偶然，而是用心良苦的。

它把自认为好吃的东西给我带了回来，多有灵性啊。我由此更喜欢它，也不管那耗子多恶心人了，在猫的世界里，这就是最好的美味，是它最好的馈赠呢。

我们住的那个房子在一个高坡上，外面有高高的围墙。我每天中午不能回家，猫就自己在家睡觉或者出去溜达。但是黄昏的时候，它一准会出现在那高墙上或者那家的门斗上。在那上面蹲着，远远地就能看到我骑着自行车的身影，这时，它就会翻过这家的墙，跳过那家的墙，尽量快一点赶到我身边迎接我。

等我把自行车好不容易抬上高高的台阶，它就在我身前身后蹭来蹭去，喵喵叫着，倾诉一天的思念。爱人也下班了，我们俩把门一锁，向着它一摆手，一声吆喝：走！那猫就在前面带路，领着我俩绕过几条坑坑洼洼的小路，几排民房，来到婆婆家。我们在此吃晚饭。猫不吃饭，只是一路陪着。

到了婆婆家院里，知道家里人都不喜欢它，它就在院子里随意待在哪个角落或者四处巡视。那个院子有一棵高大的无花果树，叶子密密的，院子里也堆了一些杂物，还有仓房什么的，算是一个比较老的民居，是我们刚来烟台时买下的临时居住地。

吃过了饭，天黑了，我们出门回家。院子里黑咕隆咚的，也不知道猫蹲在啥地方。但只要你吆喝一声：走喽，回家。院子里不知道哪个角落里就会出来动静儿了。兴许是蹬倒了盆子，也兴许根本就是从树上摇晃了下，无花果掉了一地，总之就有动静了，然后一个黑影就继续跟着你走街串巷，一路回家。

它从不半道走掉，总是回到了家以后，点了卯，然后出去夜游。晚间基本不在家住。

中间还是出了点差错的，我至今也觉得很对不起那只猫。

有一次，它好像淘气不知道怎么把自己搞得臭烘烘的。那是很热的夏天，正好院子里有一个水池子，我就把它按在里面好一顿洗，还嫌有味，就加了一些洗发香波，一顿揉搓后，终于香喷喷的了。过了几天，发现猫的嘴烂了，开始流口水。爱人和它也有了感情，又是给它抹紫药水，又是帮我按着往它口腔里喷西瓜霜，但都不奏效。很长时间以后它才自愈。我后来自责，肯定是那香波惹的祸。

我们买的楼房终于竣工装修好了，但搬家面临的问题就是没法再养猫了。

无论怎样不舍，养它都是不现实的。

我同意送它走，嘱咐爱人将它送到一个好人家，走的时候带上那只陶瓷饭碗。他于一个周日，花了半天的时间，将那只猫送回了农村。那里有广阔天地，那里有肥硕的耗子，只是不知道它还会将美味放在谁的鞋里。

从那以后很多年，我都没有养过猫。

2009年3月24日

外婆桥

在我的家乡美溪，有一座大桥，横跨汤旺河南北两岸。桥的南面，是区政府所在地；桥的北岸，叫对青山，是一个经营所。

小时候，我妈妈的家在河南，我姥姥的家在河北。这座桥，就成了我每天的必经之路。我无数次走过这座桥，加起来的路程长度，有几千里了。

上小学时，由于年轻的父母总是吵架，家里的气氛紧张，姥姥家成了我的避难所，而且一避就是十几年。我懒得回家，尽管我的家就在学校的后院。每天放学，我都不惜冒着严寒酷暑，走很远的路，通过这座桥，去我姥姥家。

姥姥要给我做饭，让我一进屋就能吃到热乎乎的饭菜，所以她不能接我放学。她就嘱咐邻居家的孩子和我一道走，并且绝对不允许我走上桥的台阶靠近桥的护栏。我常常捉弄邻家姐姐，声东击西，害得她追我追得气喘吁吁，但她怎么也不肯放弃职责，就是死死看住我，让我上不了台阶。那时候，我十分恼火，心里怨恨着姥姥。

早晨上学的时候，她总会牵我的手，送我去上学。一般都是送过大桥就返回。记得是 1978 年的冬天，我才上小学一年级。有一天，上学晚了，怕老师训，就让姥姥一直送到学校。结果，老师一见到我姥姥就高兴地说："谁给你送信儿了？你闺女生了个大胖小子。"原来是我的弟弟出生了。那时候，我妈妈也是第三小学的老师。

从此，我姥姥又多了一项任务，就是帮我妈妈带我弟弟。

我们姐弟俩都是她一手带大的。弟弟和我一样，稍微懂事了，也不喜欢回家。我们都赖在姥姥家。当时姥爷还健在，虽然不是妈妈的亲爹，但也非常喜欢我们姐弟俩。姥爷是远近有名的瓦匠师傅，那时候就是八级工。人家都管他叫曲师傅。对青山稍微有点历史的老房子，都是我姥爷的作品。他识文断字，总戴着老花镜看报纸。我就依在他怀里，一边识字，一边胡编，念念有词。他有一个大金鹿的自行车，还有一个装工具的大牛皮挎包，每当这个挎包斜跨在自行车上，就是他要去美溪城里采办好吃好喝的了。他的工资很高，那时候就赚八十多块呢。他从城里回来，大包就像一个百宝箱，有取不尽的好吃的。

我们那时候管经营所叫场子。场子那边有粮店，有个小卖店。我常常和姥爷去场子玩。对青山没多少人口，一些老人都认识我，知道我是曲家的外孙女。有时候，我在路上玩，就有人逗我说："你家老头儿呢？"

我管我姥爷叫"我老头儿"。我常对"我老头儿"说："老头儿，一毛钱地。"那时候，一毛钱可以买七块水果糖。姥爷次次都满足我的心愿，我就乐颠颠地去小卖店买一毛钱水果糖，一般可以吃一个星期。

姥爷走的时候，才六十岁。那时候我上小学四年级。不巧得很，当天晚上我没在姥姥家住。弟弟头半夜还在姥爷被窝里疯闹，后半夜姥爷就猝死了。我不懂事，四年级时还不知道死人是咋回事,妈妈给我腰里扎白孝布,我还老不情愿,也不知道哭。

随后的日子,姥姥和未成年的老姨还在对青山过了好多年。那时候,我还是常客,虽然我上了初中。

记得我还带了一个家在山上林场的家境十分困难的同学到姥姥家。那女孩的妈妈不在了,她在城里念书,没地方住,东家住几天、西家住几天地打游击。我拍拍胸脯说:“到我姥姥家,肯定行。”我自己就做主了,把她带到了姥姥家。果然,我善良的姥姥收留了她。她在那里住了将近一年的时间。我姥姥像爱护我一样待她。不知道是给我面子呢,还是善良宽厚的心使然。

街坊邻居都叫她曲大娘。她的命真不好,尽管她是那么善良宽厚。

曲大娘在对青山也是有口皆碑的。她刚强,两个儿女都供出来了,该念的书一天没落下,要知道,她是目不识丁的寡母。她勇敢,曾救邻居家的三个儿子于火海之中,要知道,她三十几岁时就一身是病。她简朴,拼拼凑凑一辈子,儿女衣着得体,饭菜可口,家里外头干干净净。

说她命不好,不仅仅是说她一辈子捧着药罐子,嫁人守寡两次。到了晚年,她本该享福了,却在七十五岁的那年春天,从房门走出来的时候,因房檐上解冻的冰溜子滴在地上又化成的冰滑了一跤。从此,她瘫痪在床,长达十三年。

十三年瘫痪在床,对于一个刚强的老人来说,是难以忍受的。庆幸的是,她早年的付出,换来的是我们全家的感恩。当别人夸奖我父亲对老人孝敬的时候,我父亲说了一句非常文绉绉的话:我们为什么会对她好,是她自己存下的。就像存折一样,你早年存了一笔巨款,现在随时都可以收利息,总也花不完。

她是我们家的功臣,因为有她,我和弟弟才能健康成长。十三年来,我母亲伺候她,为她端屎倒尿,我弟弟也在身边陪伴了她几年。只有我,远离家乡,不能在她膝下尽孝。我是遗憾的。我还没来得及报恩,我还没来得及让她过上幸福的生活,给她买大房子,让她过上舒心的日子。我真是愧疚。

我冒着严寒,飞越千山万水,赶回家乡时,她已经走了。我送她进山,又通过这座桥。汤旺河已经是千里冰封。

姥姥,在一片苍松劲柏之中,我们安葬了你。那个地方,真是一块风水宝地。春天的时候,会有山泉叮咚,会有花香鸟语。姥姥,你还会不会寂寞?在你的身后,是两棵并列的松树,为你遮挡背面的来风。围绕着你的,是一片片山花丛,来年,它们都会盛开。你要安息,要微笑着上路。你不用再遭罪了。

你送我从这座桥出发,让我远离了你,走出了家乡,有了一个很好的前程。

今天,我送你进山,走回这座桥,回到你生命的终点,也走到通往天堂的路的起点。

你往天堂走,我不哭,我为你哼你教我的歌谣:

"摇啊摇,摇到外婆桥……"

2008 年 12 月 9 日

那些年，我们的学习和理想

现在想想，“六一”儿童节实在是太遥远了，连女儿都不过这个节日了。三十年了，那些个“六一”儿童节，早就淡出了记忆的荧屏。即使拼命捕捉，也是影影绰绰。

翻出前几年翻拍的老照片，我找到这样一张。站在我身后的，是我童年时候的小伙伴，美溪对青山人。我们仨就是站在对青山的土地上，由我爸爸拍下了这张装模作样地学习的照片，并且他还亲自题字：“小朋友，爱学习”。大概时间应该是1979年，我七岁左右。男孩子小名小成，大学毕业，现在应该在北京工作，我至少有二十五年没有见过他了。女孩子叫迎春，现在估计在美溪，没念什么书，一般是早早嫁人，隐没在人群之中了。

那时候我们没听说过知识改变命运的说法，也鲜有外界的“哼哼”教导，只是按部就班地学习。所谓距离的拉开，在今天的我看来，完全是凭借个人与生俱来的好强心，和很早就萌动的志向。这种学习的意识和素质，有的时候是靠上面的哥哥姐姐传递下来的。比如小成，他家四个男孩，除二哥是中专毕业外，其余全是大学生。他大哥的勤奋，在当时是出了名的。他家在我姥姥家隔壁，我姥姥后来回忆说，老大读书的时候，过完年都能把别人家贴的对联扯下来订成本子做演算纸，他后来考了黑龙江省电工学院，在家乡做了多年的电业局长。他接下来的弟弟们，都捋着他的道儿走，一个赛一个。

我以为除了这种家庭的影响外，还有同学之间的相互影响。我那时候喜欢文学，但其实也只是喜欢。家里并没有读大学的人，更没有文学路上的领路人。我至今在心里深深感谢我的一个女同学，也许她并不知道她对于我的意义。我上初中一年级的时候，我们三个女孩子十分要好。其中一个是我的发小，死党，从小学一年级起就在一起玩。另一个是上初一以后认识的。她有一个哥哥，当时在伊春师范学校读大专，是中文专业。她最先从她哥哥那里开始弄到一些文学书刊，笔记本上经常摘抄例如徐志摩的《再别康桥》，还有她哥哥毕业留言册上的开篇语等一些精彩的文字。这些都让我怦然心动。于是我转抄，借她的书看。她学习实在很一般，理化比我还弱，即使读了那么多大部头的书，语文成绩也不好，因为她除了作文还行，别的都不行。她最终没有考上任何学校，留在了那个小城。但我在她的影响下，却走了一条不同的道路。我今天能够在讲台上传授我终生热爱的学科，我想要是没有她，我的文学启蒙可能还要更晚一些，或者最后学了别的专业也说不定。貌似功劳归她，其实还有一种更重要的东西，就是作为一个学生，一个未成年的孩子，在不会辨认真善美丑的时候，你选择了什么样的朋友，选择了和谁在一起玩的问题。人说物以类聚、人以群分，这是绝对有道理的。学生之间的互相影响非常重要。大家谈论的话题，审美的标准、喜好，都是会互相影响慢慢渗透的。若干年前，我的发小对这个女同学说："那时候刷牙我就是跟你学的，正面刷完了再刷里面的。"她那时候就特爱干净，皮鞋都要用水刷的。

到了初三,我被分到重点班,班里都是顶尖高手。数理化我学不明白,语文外语我可不怵他们。但说真的,那时候真是很羡慕几个人。班里有个女生,许是智力超常吧,和几个男生整天比试数学几何难题。其中有一个数学高手和我是同桌,老师一提问,他就用手指头敲桌子,几个指头轮流敲,敲着敲着,嘴里就冒出了数学题解题思路。我很怀疑他敲指头的玄机,但自己怎么敲也不灵光。我们老师很少和我们谈远大理想,在这样的班级里,学习就是顺理成章的事情。

六一时节,故乡才刚刚脱了棉衣,春脖子短,天儿呼啦一下子就热起来。那时候还有全民运动会呢。这个季节,啥水果也没有,过六一的时候,有卖水萝卜和水黄瓜的了。新鲜玩意儿,眼馋嘴也馋。全民运动会,小城人倾巢而出。各个学校各个单位的方队都身穿盛装,锣鼓喧天,彩旗飘扬。检阅的时候,我无比羡慕五年级的大队长,她坐在木头架子上,被一帮人抬着,白衫黑裙灶坑门头型,神情清冷目视远方,实在太酷了。在学校的联欢会上,一个叫王红的高年级女生唱《红梅赞》,声音如同天籁,瞬间将我击中。我练了半辈子《红梅赞》了,感觉现在还是不如她。

班里也有流里流气的孩子,那时候受港台影响,穿喇叭裤,留长头发,但都被老师制止了,我们心里都拍手称快。现在回忆起来,他们还真的都是淳朴人家的孩子,父母都老实厚道得不行,而且他们最终也没有时尚起来,一辈子做老老实实的山里人了。可见,那些一时的模仿秀如果仅仅是外在的模仿,终归也是昙花一现。

很早的时候,在情窦初开之时,我接触了《简·爱》这本书。读过后明白,女孩子即便心怀爱恋,也不能说出口来。你要矜持和高傲,要像一个公主,公主有主动追求王子的吗?貌似没有。简小姐其实爱得很辛苦,但从没有丢弃过自尊。而自尊,是获得他人尊重的前提。他若不尊,怎生得爱?在我所读过的书刊中,《简·爱》是好书,是教女孩子怎样做好女孩子的生动教科书。

那时的父母和老师,大都不会说教也很少说教。孩子们成才与否,都靠个人悟性。像草木,枯荣随季,自己奔挣自己的人生。所幸,我早早地接触了书籍(那些纯净的让人产生理想和动力的书籍),结交了有良好行为习惯的同学,还有淳朴的师长,善良的乡邻,以及那个幸福纯洁的年代。我们在祖国最偏远最寒冷的林区小城里长大,心怀理想,努力学习。

如今,我的初中同学遍布祖国各地,各行各业,有大学教授、歌唱家,有优秀的企业家、医生、教师等等。今天,当我们回望那个小山村,想起童年时光,我相信,没有一个人不心怀感激,没有一个人不热泪盈眶。

2012年6月6日

凝眸夜自习

多少个这样静静的夜晚，我都是像今天这样，坐在讲桌前抒写着思绪。任笔尖在纸上划过，刷刷刷，刷刷刷，流淌着一连串的心的音符。时而，我凝视着，台下是你们张张年轻的充满稚气的面孔，在认真地思索着，在专注地计算着，在书海里深深沉醉着……

我凝视着你，我的学生，一个调皮的孩子。

我在想：其实，你真的很可爱。上体育课时，你把老师为了迎接运动会而让你们喊的口号改了，并且大声喊了出来。我为你的恶作剧恼火，你怯怯的目光里满是歉疚，我让你检讨，并让你保证以后不要再犯类似的错误。我拿你当了什么？我忘了，你还仅仅是一个孩子，是一个刚刚告别童年的孩子。

我凝视着你，我的学生，一个爱哭鼻子的女孩。

我嫌你胆小、嫌你娇气、嫌你挑剔，因为丁点小事儿你就来告状：同桌惹你，在你的铅笔盒里放上了毛毛虫；后面的男孩逗你，用剪刀偷偷地剪你的发梢；宿舍里你手忙脚乱，整理不好内务被扣了分；半夜里硬床硌得你翻来覆去睡不着。你都要告状，都要哭鼻子。

一看见你哭，我就不知所措，我忘记了你只是一个十二岁的女孩，刚刚脱离妈妈的怀抱来到这里独自练飞，我忘记了自己当初是怎么样度过住宿的生活，怎么样把菜汤洒在了床铺上，怎么样把小辫子梳成反的而一气之下剪成了像“灶坑门”样的短发，斯时，我已经是十六岁有余。

我凝视着你，我的学生，一个内向而自卑的孩子。

因你总是不能完整地说出一句话，我曾粗暴地打断你的发言，因你小鹿般惊恐的目光总是在我的脸上游离，因你几次未完成作业和在作业本上乱写乱画，我曾把本子狠狠地摔给了你。说实话，我心里真的不算喜欢你。是你爸爸那次的电话给了我猛然一击，我这才摆正了那颗师心，容纳了你，并将对你深深的同情转化为对你的理解和体谅，开始从内心深处产生一种爱惜。他说，你三岁就失去了母亲，是他独自一人带着你长大，历尽辛苦。他给予了父亲所能给予你的一切，却没法给予你一个亲生母亲！

我凝视着你，我的学生，我亲爱的孩子。

不知道从什么时候开始，我们之间已经相差整整二十年。遥想当年，毕业时在高中任教，我们课上为师，课下为友，我与你们称兄道弟，亲如姐妹，那时我们正同龄；然后，你们又成了我的弟弟妹妹，我在前面带路，牵着你们的手，为你们披荆斩棘；而今啊，眼前的你们，是张张红润的稚嫩的小脸儿，是乳臭未干的黄口稚子，你们成了我的孩子，成了要在我的羽翼下避风的小鸟……

光阴如梭，十几年流逝的，是永远的青春容颜，留在我心里的，却是几代学子勤奋的身影，探索的足迹……

我凝视着你，我的学生，我亲爱的孩子。

就在这凝视的目光中，光阴渐逝，韶华不再。你们渐渐长大，我将慢慢老去。就在这凝视的目光里，有那么一天，我会满头银发，戴上老花镜。手里捧着的,还是这本语文书,我会缓慢但依然口齿清晰地说:“张晶一,请你来朗读《观沧海》……”

2005年10月15日

我和书的故事

20世纪80年代,我还是一个对知识充满无限渴求的少年。我的故乡,在中国版图上最偏远的北方,小城四面是山,闭塞,落后,物质条件落后。但是,我对书的渴望显得尤其迫切,对书的酷爱显得尤其热烈。

小城只有一个小书店,记忆中只有过年卖年画的时候,才会变得热闹非凡。而平时,那里只有几种单调的书刊,还全部都摆在高高的柜台里面。卖书的是一个四十多岁的中年女人,眼睛有些斜视,面部就显得凶恶。我常常约了同学一起去那里,让她拿某一本书给我们看,可不到五分钟,她就会催我们,并显出极不耐烦的样子。所以,我们后来就很少去了。

后来发生了一件意想不到的事,改变了我们没有书读的局面。

同学英的哥哥从省城的师范学院中文系毕业了。回家来的时候,带回一箱子书。英因此成了我们这些同学溜须拍马的主要对象。平时老实巴交的英,一下子就变得像一个高傲的公主,每天都迈着天鹅一样的步子,优雅地晃来晃去。因为平时我们几个的关系就好一些,虽然少不了说好话、拍马屁,但是近水楼台。忘了当时用了什么手段，反正英哥哥的书，我是没少读。《红与黑》《巴黎圣母院》《欧也妮·葛朗台》等一些名著，我都是在那个时候半生不熟地啃完的。现在想想，那时候之所以那么疯狂地喜欢读书，还是因为生活的闭塞和物质的贫乏。收音机算是唯一的媒体了。电影倒是有的，可小城一来了新电影，全城倾巢而出，小小的电影院爆满，不是座无虚席，是站无虚地，连根针都别想插进去。所以，那时候要是能有一本小说让你安安静静地读，那简直太幸福了。

有一回，英拿了一本《青春之歌》到学校。她其实是故意炫耀，好让我们都围着她转。下课的时候，她故意拿出来显摆。我明知道上当也是欲罢不能了。于是，又是央求又是甜言蜜语的，竟然让我借到了。但条件是，晚上放学才能交到我手里，第二天一早就得还给她，因为她"一个闺女许了好几个婆家"。

晚上放学回到家，我稀里呼隆地赶紧吃饭，然后推说作业多，就钻进了自己的房间。又是一阵稀里哗啦地写作业。掌灯时分，我已经做好了一切准备工作，就等着走进这本向往已久的书中了。为了防止妈妈发现我看课外书，我做了一些伪装。把写字台中间的抽屉拉开一半，书放进去，桌子上摊开物理练习册和演算纸，手里再握上一支笔。就这样，我使劲往后缩肚子，两只胳膊架在桌子上，从背影看，就是一副忙忙碌碌正在演算的姿势。房间的门恰好在我的身后，多么天衣无缝的巧妙安排啊。只要妈妈的脚步声响起，甚至她开门，我都来得及迅速掩饰过去，只需肚子往前一挺，抽屉就关上了，演算就开始了。所有的一切可能我都想过了，所以必要的防备工作我也都做好了。于是，安静读书。那天晚上，竟然没有人打扰我，我就那么安静地，在有些昏黄的灯光下，读了一夜。当晨曦的光芒照进窗棂，我终于翻到了最后一页。

第二天早晨，我按期把书还给了英。然而，当天的物理课堂上，却发生了让我这个好学生非常惭愧并终生难忘的一幕。在老师讲课的时候,我不住地打瞌睡,被老师叫起回答问题时,竟然不知道老师问的是什么。于是,被罚站了整整一节课。

青春的岁月转瞬即逝,那些追逐着书的日子也渐渐远去。离开小城外出读书的时候,生活很快变样了。我们的学校里,不仅有庞大的图书馆,还有那么多讲座、研讨会。我们学中文的,还有便利的条件可以看到很多外国电影。看小说,成了我的专业。但无论读什么样的书,无论有多少好书读,我都没有了那种争分夺秒的热情和废寝忘食的劲头了。

有时候想想,贫乏的物质生活,不一定就会减少人的幸福感。

2008 年 12 月 5 日

悼念恩师

一大早一直在流泪。先是得到不很确切的消息，说赵老师走了。然后我找到老师的弟媳我的同学晓明，证实了消息，眼泪就一直在不停地落。接着天南地北的同学都发来消息，确认事情真相，表达哀悼，追忆往昔。

今天是雨水。望着窗外灰蒙蒙阴沉沉的天，我心里痛得要命。不敢相信这每天千篇一律的日子，平静而琐屑的生活，真的发生了一件重大的变故，我的语文老师走了。

生老病死也是人生常态，每天都在发生。但在这个世界上，总有那么几个至关重要的人，他们的离开，会狠狠扯痛你的心，让你无限追悔这之前的怠慢和懒惰，为什么活着的时候不能够找机会相聚，好好表达自己的感恩之情？

赵凡老师是我初中时的语文老师。在故乡美溪，那个非常闭塞寒冷的林区小城，她是最出色的语文老师。我们那一批孩子受益于她，都有很好的文字基础。多年以后当我走出来，在离家很远的地方回望，我常常想，小时候的我们，受教育状况是多么糟糕，但是我们幸运地遇到了他们：王景新，史丽华，赵凡。无论师德，还是学识，他们都是第一流的。

我是赵老师最欣赏的学生。一直在老师欣赏的目光里读书、写作。虽然今天在外人看来我没有什么成就，只是做了一个语文老师，但是我还是觉得自己成就满满。非常满意现在的自己并期待着未来的自己，那也是因为，我是一个语文老师。

在没有书读的年代里，我们在赵老师的课堂上，听到很多名著里的故事，于连，葛朗台，茶花女……到现在我还记得她讲鲁迅笔下的高老夫子，说那个自己给自己起名字叫高尔基的人，她讲得惟妙惟肖，引发了我们的欢笑声。在这欢笑里，对书的渴望，对名著的向往，像种子一样播撒在我们的心田。她喜欢讲鲁迅，大讲特讲。喜欢让我们写作文，总是突发奇想一些有意思的题目。学一篇课文，她会让我们写读后感，我记得我们写过《〈工之侨献琴〉有感》《〈我的叔叔于勒〉有感》，在老家的老房子里，我当年的笔记和作文还都保留着，那上面有老师的评语，虽寥寥，却激励人心。

我有一个从未言说的情结。初二时，她借了我一本《散文》杂志，是下课的时候随手丢给我看的。当时我看不太懂，但还是硬看完了才还给她。后来毕业以后，有了工资，我就订了这份刊物。一直到今天，这份《散文》月刊，我还在订。

她影响了我的人生走向。那时候，还算聪明的我，疯狂地爱上了语文，最终考了师范，成为语文老师。

我在家乡当语文老师的时候，她曾经去听过我的课，给我有力的声援，当时她在教委工作。无知懵懂且情商极低的我，当了老师以后，从没想过要去请教她，和她来往走动。也许，学生和老师之间的相处，就是这样吧，只是心里记挂着，却从不敢表达，怯于表达。

回忆初中毕业后我们仅有的几次见面和联系。1988 年寒假，我和刘宇去看望她。那天我们在她家里，畅谈理想人生。那会儿，我们才十七八岁，而老师也才三十几岁。我们走出老师的家门，踩着皑皑的白雪，我记得天上星光闪烁，心中满满的全是青春的梦想和激情。

1992 年，我在美溪一中的大会议室讲公开课《项链》。我的老师坐在最后一排，下课后，我带学生离开，隔着那么多人，只是挥了一下手，连话也没说。

2006 年寒假，我回家探亲，和初中同学在富丽华酒店吃饭。隔壁有声音传来，分明是她。可是，我竟然没有去打招呼。不知道是胆怯还是羞于见老师。

2015 年 12 月，我终于跟晓明要了她的微信，联系上了。当时她在三亚度假。她留了一段四十几秒的语音，保存在我的微信里，成了今生她对我最后的鼓励。

2017 年农历新年，我发祝福给她，她回应，我发了红包给她，她说谢谢，却没有谈及自己的病情。那时她已病重。

往事点点滴滴，化作最美最痛的记忆。师生一场，于师，只是点燃柴薪之火；于生，却是毕生奋斗的、激情的、幸福的燃烧！

如今，老师就要化作青烟一缕，我相信，在寒冷的北国，在故乡的上空，那将是最美的一缕。她用自己的学识和激情，点燃过我们的梦想。受益受教于她而今天南海北的学子们，都会为她祈祷，愿天堂依然有您的朗朗书声、谆谆教诲。

恩师一路走好。

2017 年 2 月 18 日

家门口那家小饭店

石沟屯是一个有意思的地方，过去是个小渔村。城市发展的快速进程使得它很快成为这座城市最好的地角儿，面海，靠山。十几栋先富起来的渔民的二三层独栋小楼，一些宽敞的大院子平房，还有几栋多层商品小楼居于其间。它是城市里的小村落，却绝不缺少城市的洋气。

住的时间久了，发现这里藏匿着太多的美食。从广东腊味到韩国烤肉，从东北菜馆到正宗鲁菜，应有尽有。更多别具风格的小店铺、咖啡小屋、外贸时装也散落于此。这么说吧，你不用走出村子，挨个店子吃，半个月也不会重样，更重要的是，吃不腻歪。早餐有鱼卤小面，中午有丰盛大餐，晚饭后还可以加餐小红桶烧烤。

城南悦读的对门是高记私房菜。据说是一个之前在城市大酒店做大厨的人回家来自己开的。那菜品的味道肯定是不用说的。关键这个小店子不大，从里到外干净清爽，天天人满为患，不预定又赶上饭点儿的话，根本没座。面案上用的村里几个中老年妇女，手工蒸出来的大花卷就是姥姥的味道，包子是限量的，你要不点几个菜，基本上是不好意思光吃人家的大包子的。

饭店开得好，店员都跟着牛。负责点餐的是个小个子女人。个子虽不高，但走路一阵风，打扮得也颇为时尚。年龄不小了，马尾辫一扎，又利落又有朝气。

我和老姜偶尔懒惰不想做饭就去那里。

那次是晚上，去的有点晚。饭店里大拨的人都走得差不多了。我们落座，不用菜单，随口点了几份平时喜欢的菜。他家菜样数儿不多，各个精品好吃。

难得那天清闲下来，准备好好吃一顿，又住在门口，晚一点也没关系。老姜大概是想小酌一下吧，点菜的时候，就有点把持不住了。点到第四个菜的时候，女人赶紧截住了话："别点了，你俩吃不完的！"

老姜顿住了，有点愠色："咋了，你家开饭店，害怕顾客多点菜？"

女人也有点尴尬，连忙解释到："我们家菜盘子不小，你俩真吃不了这些菜。"说完，赶紧低头往小本子上记录。

我看了看老姜，忙打圆场："这个，这个好像真的吃不完啊。"

老姜看了看那个女人，还是有点不太乐意地说："你家饭店开的就是挺牛的。"

女人笑了，用手撩了撩因为低头而垂下来的头发，略带歉意地说："浪费了确实不好。"

一会的功夫，菜就上齐了。土豆丝手工切的，又细又有嚼头，酸辣可口；焖的鱼里加了几块豆腐，吸足了鱼汤的美味；扇贝煸炒干红辣椒，又鲜又辣。门口的桌子上一盆热气腾腾的玉米面粥，散发着家的温馨，这个可以自助去盛来喝，管够。

女人又过来了，端了一碟小咸菜，放在我们桌子上，她笑着说："这是我们厨师自己做的，是我们自家吃的，给你俩盛点，尝尝。"

我知道她大概是要表达不让我们尽兴点菜的歉意吧。

我打量着那小碟咸菜，是三样。芹菜根是原色，虾汤腌制的，晶莹剔透；老咸菜疙瘩丝是蒸了一下的，褐色夹着点红辣椒丝；还有几块黄瓜条。夹起一筷子吃到嘴里，果然并非俗物，只觉得清爽怡人。

也许是可口的饭菜让老姜比较满意吧，他竟然检讨起自己来。

“这吃饭啊，不在于点多少菜，好吃的话，一两盘就很好啊。看来，一个饭店，好厨师太重要了！”

我说：“厨师是好的，这个女人也很了不起啊。”

后来，我们也常常光顾这个店，每次都能吃得心满意足。而且，至此之后，总是量体裁衣，量力而行，吃多少点多少。

有时候我常常想，那个女人仅仅是怕我们吃不完浪费吗？她或许是看不得厨师的心意被辜负，精心烹制的美食被糟蹋，从内心里为被浪费的食物感到痛心吧。不然，她也不会拒绝送到眼前的利益。

像很多在农村生活一辈子的老人，到城里的儿女家来居住，他们享不了清福，不摆弄土地和庄稼，心里总是空落落的。有些东西，是深入到骨子里的。那些深入到骨子里的改变不了的本性，劳动的本性，节约的本性，善良的本性，就是美德。

2019 年 10 月 30 日

记录我第一次拿画笔

昨天是第一次拿画笔，而且是油画笔。从小到大，我连蜡笔都没拿过，你信吗？

我从来没有拿过画笔，哪怕是涂鸦。奇怪得很，这并不影响我对摄影、雕塑、美术作品的欣赏和喜欢。那时候，有一门课程叫《美术鉴赏》，还记得那个同样师范学校毕业的小老师拿着书读给我们听，只是读。那书上有很多美术作品，也有简单的标明作者年代之类的东西。中等师范学校设置的很好的课程，都被时代、地域或者师资条件给限制了。

我这样的画盲，零基础上油画课，想起来也是不太靠谱。在正式上课之前老师给我们讲了三个小时的油画鉴赏课，实际上讲的是西方美术史，由于时间的关系只是大概介绍，并没有解决我想要解决的困惑。我想当时大多数人也想让老师解决诸如此类的问题，例如，如何鉴赏一幅油画的好坏优劣，如何分析一幅油画的色彩笔法布局。老师说，想要鉴赏，必须把作品放在诞生的时代，因为艺术是创造，是突破，不懂美术史，就读不懂油画。

虽然还是懵懂，但当拿起画笔涂上第一抹色彩的时候，内心潜伏多年的艺术细胞突然开始躁动。老师不讲是对的。你只有拿起画笔,才知道原来油画的魅力在调色板上。调色自然有规律,但色彩的微妙,细微的差别,不在规律上,而在眼睛,在观察,在心里。

调色板真是神奇。表现天空,用浅蓝、浅灰、浅白的亮;表现树木,用金黄、明黄、褐黄、金红,以及介于它们之间的或浓一些或淡一些或明亮一点或暗淡一点的色彩。而这些颜色,用有限的色彩,都可以调出来。无穷,我想到了这个词。原来大自然的色彩是无穷的,更多的是没有命名又无法命名的。

世界真的很神奇。

今天早晨,我观察天空,在曙光微露的时候,那一点点淡淡的粉,淡淡的紫罗兰,还有浅灰中的蓝,还有这些色彩铺在一起形成的层次,让我沉迷,久久伫立窗前。

这些自然的色彩,先要通过调色板,再通过画笔或轻或重地涂抹在画布上,这时色彩又出现了变化。我想,这种对色彩最细致入微的观察和表现,就是对美好世界的重新认识,对已经感知到的美好的再次感知。

所有的艺术都是相通的。他们都和文学血脉相融。他们亦和这个世界,和我们每个人的人生血脉相融。

多年前我在学习拍卖知识备战拍卖师考试的时候,就突然觉得自己的心灵世界又打开了一扇窗。我和我的学生交流过这个问题,我说,每个人的心灵世界有很多窗户,不读书不学习的人,那些窗子都是紧紧关着的,因为你从头到尾都处于黑暗之中,不知道什么叫明亮,你以为那就是人生。可当你读书以后,接触越来越多的领域的知识,你会发现你的世界越来越明亮。接触一个陌生的领域,你就会发现,原来还有这些规则,原来还有这么好玩有趣的东西,原来人生还可以这样活。更多的豁然开朗,更多的惊喜,让你对这个世界的奥秘有更多的索求、更深入的探索,也更愿意涉足未知的领域来满足自己对光明的渴望。

有人看我一天天忙于学这学那,戏谑我还有多少小时候没有满足的心愿。这话一点不假,我有很多很多东西想学,想要走进,然后懂得。岁月匆匆,只争朝夕罢了。

所幸,即便是过了学艺的最好时机,还能有名师指点,还能有志同道合的人一起成长,还有属于自己自由支配的时间。

我把这些看成是生活对一个无比热爱她的人的回赠。

2016 年 12 月 16 日

跟吃有关的一组小文

芹菜饺子

不知道为什么，我接触的孩子，大多数不喜欢吃饺子。

开学第一天，照例，还是要给女儿包饺子。照例，自然也是要吃芹菜馅的。

饺子是过年的食物，吃饺子的时候，就觉得像是过年，至少也是过节。它让人有一种仪式感，仿佛是为了庆祝什么或者记住什么。

“上车的饺子下车的面”，这饺子跟离别有关。“谁家过年不吃顿饺子”，这饺子吃的就是一种仪式。喜儿唱“卖豆腐赚下了几个钱，爹爹称回来二斤面，带回家来包饺子，欢欢喜喜过个年”，就是这个意思了。

我姥姥是个很讲究的人。在她身边读书的那些年，每逢开学，都要吃饺子。饺子馅也是有讲究的，开学和大年初一的饺子馅是一样的，是芹菜。取“芹”的同音“勤”之意，意为要勤劳、勤奋。

这种讲究传承给了我。不在她身边的岁月和她不在了的日子，我也会在大年初一和开学的日子,包芹菜馅的饺子。

有些食物,吃的是一种仪式,吃的是一种神圣和敬畏。

豆腐闲话

其实我对豆腐是没有什么好感的。就像身边一些同龄的同事对地瓜干子没有好感一样。这都是源于在贫困的年代里,它们频频光顾我们的餐桌,成为我们的主食罢了。

谁也不会想到,离开故乡几年之后,我能经常在休息日驱车几十里到开发区,专门买几块豆腐。

烟台的豆腐发黄,硬,有极浓的豆腥味和一种类似于锅底糊了的味道,并且论斤卖。干豆腐就是他们常说的豆腐皮,工艺和视觉也都不怎么样。他们解释为不掺假,纯正,我们却吃不上来。东北老家的豆腐水多,白嫩嫩的,干豆腐更是又薄又筋道,我看空嘴吃就挺好。

来烟台的头几年是吃不到家乡的豆腐的,自然也不想吃。几年后,开发区的东北人日渐增多,加上吉林首钢集团整体搬迁过来,红皮大萝卜、油豆角、黏豆包都来了,豆腐自然也落不下。其他蔬菜有其季节性,唯有大豆腐、干豆腐,一年四季都在。菜市场还没有规范起来的时候,两个东北女人,就在一颗大柳树下,用自行车后座驮着她们热气腾腾又白又嫩的一整板大豆腐叫卖。

两个女人都长得眉眼顺溜,衣着也是干净整洁,说起话来嘎嘣乱脆的。若你进入她们的视野,热情的招徕就会同时响起。于是你犯了难:买了这一家的,就觉得愧对了另一份热情;买了那一家的,又觉得辜负了这一家的期待。好在有时候能折中一下,比如在这家买了大豆腐,故意挑挑拣拣地看看她的用纱布包裹着的干豆腐,然后就把目光转到那一家，仿佛是去比较一般，趁着女人招呼别的顾客，人就溜过去，买了那一家的几张干豆腐，赶紧收拾好了走人。

每次犯难，每次还就都愿意经历这种难，好像这里深藏着某种趣味一样。

无花果

初秋大量的无花果上市。我们在早市挑挑选选的时候，视线是直接把它屏蔽的。你要知道，有些食物，尽管美味，却并不会勾起你的食欲，调动起你的胃口。

没来烟台之前，我没见过这种水果，也没听说过。

初次见它，给我留下过很坏的印象。

那是在临时蜗居的一个破烂不堪的院子。一颗巨大的无花果树，结满了果实。在闷热的暑假里，它们裂开了口，招来绿豆蝇嗡嗡地飞，偶尔一阵风过，熟透的果实"啪嗒"掉在地上，就是一摊烂唧唧的东西，然后是不断的"啪嗒，啪嗒"声，果树下的水泥地面左一滩，右一滩。绿豆蝇还没走呢，蚂蚁就来了，一群一群的。

那是一段糟糕透了的日子。人生地不熟，言语不通，气候潮湿闷热，环境破烂不堪，水土不服，工作被发配一般调往偏远的农村。

在人生最低谷的时候，那棵巨大的无花果树，就整天在院子里"啪嗒，啪嗒"。我从不吃它。

后来生活境遇逐渐改变，离开那个院子，也不再听那"啪嗒，啪嗒"的声音。市场上见过被小贩小心翼翼放在盆里或者盒子里摆卖的无花果，从未被勾起过任何想要买想要吃的欲望。

或者可以说，从未买过。一辈子都不想见它。

有一次邻居送过来几个，孩子吃了，说很甜，并且像是忽然顿悟一样地问我们:怎么从不见你们买?

我们真不知道该怎么回答她了。

其实,我也知道那果实很甜很甜,并不难吃。

毛　嗑

我是爱嗑瓜子的。

瓜子还有一个好听的名字,叫毛嗑。

小时候,菜园子里是种菜的,只是在空闲的地方,会栽上几棵向日葵。秋天葵盘成熟的时候,多半已经有鸟叨过,并不完整了。砍下葵盘,放在屋顶上晾晒,那屋顶是铺油纸的。响晴的秋,嗖嗖的北风,几日就抽干了水分。地上铺上麻袋,使劲敲,掰,搓,瓜子落下来,迎风抖落干净,装在洗干净的面袋子里,一般也就收成半面袋子吧,这将是漫长的冬天坐在炕头上一边聊天一边打扑克的主要零食了。

火坑总是烧得滚热,坐一会要换换地方,或者垫上垫子。瓜子在大铁锅里炒过,非常香。

一边摔扑克一边嗑瓜子,几个冬天下来,牌技不断提高,大门牙也嗑出了小豁口。

我偶然看过一个电视剧的镜头,当时就觉得导演真是绝了。张作霖的五姨太站在门外偷听里面的谈话,左手里一把瓜子,右手拿着一粒放嘴里一拧,那感觉真是幽默滑稽,完全破坏了偷听的严肃和神秘,把一个需要屏着呼吸干的事儿弄得活色生香。

嗑瓜子就是这样,严肃不起来,反倒亲热起来了。你和陌生人或者领导啊客户啊,想要沟通是不是,想要拉近距离是不是,给他一把瓜子,大家一起嗑就是了嘛。

出去游玩，走野路，山间地头，兜里揣一把瓜子，一边游山玩水，一边嗑瓜子，瓜子皮归于泥土，可降解，不破坏环境，放心扔就是，那真是一种轻松自在。当然，公共场所咱不嗑就是了。

常和我一起出去旅行的朋友，走之前，都互相提醒要带的东西，自然也会补充一句，别忘了带瓜子。

2016 年 9 月 2 日

那个影响了我的人

我今天做语文老师，教课谋生，喜欢文学，爱读书，偶尔涂鸦，并深感幸福，这一切，得益于我初中时的语文老师，还有一个多年不曾联系的女同学。

上初中的时候，我们来自不同的小学，被分到了一个班级。和我非常要好一起长大初中又分在一个班里的女同学芳在不久后与她结交甚好。于是，我们就结成了“三人帮”。我们三人是很独特的组合，我活泼好动，芳沉稳大方，她文静沉默。三人组合，相当和谐。

她有一个哥哥，当时在省城的一所师范学校念中文系。这样，她就比我们多了许多得天独厚的条件，可以有书读，尤其是文学作品。

我那时是没有见识的。家里上下也没有人读大部头的书。小时候家庭条件还不错，也订有《少年文艺》《儿童文学》，这在其他孩子眼中也是很值得羡慕的。但当我看到她在上课的时候不听课悄悄在课桌里拿出某一本大书并且读得津津有味的时候，我还是羡慕不已。她读的书，于我，都是陌生的。只从薄厚来讲，我都觉得自己太过于小儿科了。

她写的一手好字。有漂亮的笔记本,经常做一些摘抄。我借来看。我第一次读到让我怦然心动的句子:“轻轻的我走了,正如我轻轻的来。我轻轻的招手,作别西天的云彩。”我素不知天下有如此美妙的诗句。我还翻看到当时伊春师范学校学生毕业纪念册上的卷首语,到现在我都能想起来那几句话。甚是美妙,我却从未见过。于是,我也效仿她,把我张牙舞爪的字写得尽量规矩、好看,认真去摘抄她笔记本上的那些精美的句子、段落。

她的学习成绩很一般。数理化成绩很差,唯一优势就是语文还行,但分数也不高。她只是喜欢读书而已。

那时候她在读《约翰·克利斯朵夫》,记得那套书是四本。年少的我,只是为了一种虚荣心的满足,觉得当别的孩子还在懵懵懂懂整天叽叽喳喳疯跑傻闹的时候,你捧着那样的大书,静静地坐在教室的一隅,偶尔累了,也只是抬起头来,眼睛眯缝着,看看窗外,然后再次回到书中来。那样子简直太酷!于是,我跟她借。她极不情愿,好像那是她唯一骄傲的资本,书如果借给了我,就会拉低了她的档次一样。碍于三人组合的情面,她最后还是借给了我。但是她是千叮咛万嘱咐的,并且限定了还书的时间。就这样,我忙于读从她那里借来的有时间规定的书,疏于物理化学作业,课堂上也曾有过昏昏欲睡被告状于家长的糗事。

就这样,在她那里,我接触了一些大部头的文学作品,第一次知道徐志摩、戴望舒,并学习她做好摘抄笔记,养成了很好的读书习惯。最终,我走上了传播语文知识、引领学生阅读、教授学生写作的道路。

后来,我外出读书求学,再后来我离开家乡,在异地他乡扎根。而她还在老家,与故乡的山水为伴,也许她还在不谙世事地读她的大书吧。

人的一生,就像是一趟长长的列车。有的人上车,有的人下车,有的人陪你走一段路,有的人陪你一直走下去。在这趟不走回头路的旅程中,下车的人,就再也见不到了,但一路同行的时光却镌刻在你的记忆里,装在了你的行囊里。

我感谢那个女同学,是她在年少的时候,无意中影响了我人生的走向,成就了一个还算是称职的语文老师。

2016 年 4 月 5 日

有一种色彩属于我

从我二十岁起，有一种色彩就一直陪伴我，陪伴我铲平一座一座的山，陪伴我点燃一盏一盏的灯，陪伴我度过一个又一个夜晚，也陪伴我走向一个又一个黎明。

那个色彩，带着温度，带着警示，带着启迪，更带着爱，从我的笔尖流淌出来。它唯一的流向，就是童心世界。

我是二十岁从教的。这二十多年，批改过的作业，无法计数。在他们的作业本上，我订正过写错的拼音，修改过有语病的句子，写过鼓励的话语。我打的对勾，又红又大，潇洒，飞扬，那时是心情舒畅的；我画的叉，谨小慎微，缩手缩脚，那时是紧锁着眉头的。当然，有时候也会画得很大，落笔很重，那时是有一些气愤的。

我是爱这职业赋予我的这份权力的。这个权力就是，我要用朱笔点染青葱岁月，我要用朱笔引领童心世界。

从一只老旧的钢笔开始，吸纳墨水瓶里的墨水，一吸一吐，笔囊满了；一堆堆作业的山，铲除了，笔囊空了；再一吸一吐，笔囊又满了。一座座山来一道道岭，我在耕耘，我在收获。一行行文字，是我的庄稼;一篇篇句读,是我的果实。老旧的钢笔下岗了,一支又一支,岁月磨平了它的尖峰,笔囊再也承受不住不停的吸纳,我们换一支,再来!

那时候,我曾想拥有一支羽毛笔。我记得我看过一张照片,安徒生就是用这样的羽毛笔写童话的。一支大鸟的硬挺挺的羽毛,笔尖在纸上划过,就像一只船桨,摆渡文字,从愚昧走向文明。那笔锋的尖尖部分,还像是一把犁头,一行行蹚过荒芜的土地,回首望去,一片碧绿或者金黄。

但我没有成为安徒生,也没能拥有一支羽毛笔。

我的笔,不能一片一片地蹚过荒芜,我只能点种,插秧。我的笔,更像是稻田里的稻草人,竖在那里,守护着成熟的稻禾并提醒着过往的鸟雀:已经落下的快走,还惦记着的勿近!

我的笔写下的文字是醒目的。因为我拥有使用这种色彩的权力。这种色彩,和热血的颜色一致,和印章的颜色一致,和国旗的颜色一致。它是从古至今,无论官方还是民间都一致认同的颜色,它代表权威、力量、不可撼动和忠诚。

所有使用笔写字画画的行业,医生开药方,作家写文章,设计师画图纸,只有我使用的笔的颜色,是有专门规定的!是的,你必须使用红色。那是权威、力量、不可撼动和忠诚。

于是,我握笔的手啊,就会显得谨慎而迟疑,但是我一旦判断准确,一定会迅疾而勇猛,像鹰!有时候,我握笔的手啊,又会那么多情,顾盼着,斟酌着,拿捏着,就为了给你一份思索,一份启迪!你的作业本,有时候是我的洋洋洒洒,一片红旗招展;有时候是我的惜墨如金,像中国水墨画中的一点红梅的唇!

我握着这样一支笔,握着这样一支有着专属于我的颜色的笔,走过二十多个春秋。还要继续走下去。

亲爱的孩子,那灿烂而鲜艳的红,不仅点燃你的青春,也照耀我的征程。

我笔下的红,就是我爱你的一颗心的颜色。

2018 年 3 月 6 日

初秋的早市，真好

一直被琐事缠绕，很少有机会或者说很少有心情去享受所住的地方给予的自然福利。

这小区不远处，就是青山缭绕，春草夏花、枝繁叶茂、虫鸣鸟啼、流泉飞瀑也是寻常。而这小区里，也有几处翠湖，几汪碧水，几束横斜的柳枝，几弯浅浅的月色。

终于在琐事淹没的日常下了决心要喘口气。初秋的早晨，给了自己一个逛早市的机会。

小区的早市，位置就很特别。那是一条有些坡度的路，不算陡，却因视角高低的不同别有情趣。从早市两头都能进去，且距离都差不多。我选择从坡上往下开始逛，一路逛回去，不走回头路。

说是早市，却明朗安静。没有车来人往，没有商贩喧嚣。道路两旁，是法国梧桐。各种小摊位就摆在道路两侧、梧桐树下。从坡顶往下看，在大树掩映下，人影绰绰，中间提着篮子的迈着悠闲的步子的是买好了东西的人，也有什么都不拿的，只是那双手在身前身后使劲地伸着，或者干脆两手交叉一左一右地摆，仿佛这里不是早市，而是晨练的大操场。初秋的晨光格外明媚，天也是蓝到高旷深远。

人们俯身蹲下来，扒拉着卖菜人跟前的一堆扁豆，一撮香菜，或者是三两个长相丑陋的南瓜，还有那大小不一的玉米棒子。卖菜的人也不恼，任凭你扒拉，憨憨地笑，或者急于告诉你他的菜多么稀罕，却不擅长把自己的意思流利地表达出来。这些淳朴的农人，多半还不会做买卖，没有油滑的嘴，也没有水灵灵的菜，价格也定得谨小慎微。

他们是住在附近的并不以种地卖菜为生但勤劳的会种庄稼的人。家里有块地，种点菜，吃不完就拿出来卖了。所以这里有最新鲜的，最值得信赖的蔬菜或水果。当然，也有菜贩子、水果贩子混迹其中，他们的那些溜光水滑的蔬菜水果也有它们的市场，但他们却不敢像在其他早市那样大声吆喝和贩卖，也许是受到这里气氛的影响吧，他们也安安静静地做着自己的买卖。

我觅得新鲜的土鸡蛋，带着泥土的土豆，挂着灰儿的葡萄，提着篮子步行回家。回头望身后的早市，一轮灿烂的朝霞从东面升起来，照在路面上，路上竟然像淋了水一般湿润，还有渐渐升腾起来的微微的水蒸气。往上走和往下走的人，神态安详，步子从容。法国梧桐已经开始落叶了，没有风，它也不会打着旋儿，就那么静静地落了。

忽然就觉得，每天的行色匆匆，每天的东奔西走，觥筹交错也好，升官发财也罢，终究是敌不过一个安静的清晨，敌不过这一篮子的放心和踏实。

2016 年 10 月 21 日

一碗豆腐脑

那天早晨，我带着一个孩子，去了那家我最钟爱的水煎包铺。

孩子不是我的孩子，是我辅导班新来的学生。他长得虎头虎脑的，两个脸腮鼓鼓的，红红的，还有一对小虎牙，笑起来可爱极了。可上了几次课就露了原形，原来并非是个爱学习的主儿，小聪明不断地耍，小怪话也是一套一套的。最好玩的是，他还是个自来熟。一节课还没完呢，他就在课间大胆地问我："老师，你老家是哪的啊？"

我如实回答了他。紧接着，他就拍着胸脯朝着其他同学得意非凡地笑了："我就说嘛，老师是东北人，我一听口音，就能猜到。"我有些诧异了，忙问："你咋那么会猜呢？"他嘴角上翘，一甩头，冒出来一句非常掷地有声的话："因为我妈妈也是东北人！"

他说话时候的口吻，眉梢一挑的骄傲样，一下子把我逗笑了，生出一股莫名的亲切感来。

又过了几周，我们日渐熟悉起来。我知道他和我女儿一样，都是海边出生海边长大的孩子，父母都是东北人。父母的父母也都搬家到了这里，东北老家没什么亲戚了，所以关于东北的故事都是父母的记忆。

那天我突然兴起，答应请他吃一顿早餐，目光锁定在我最爱的水煎包铺。

水煎包铺，以水煎包为主打，但最让我钟情的却是她家地道纯正的豆腐脑。来山东很多年，吃过很多地方的豆腐脑。在县城福山的时候，当地人喜欢叫它“老豆腐”，也是脑儿状，但质地既不滑也不细腻，勺子一挖，就碎碎糟糟的，上面浮着一层清水，佐料是同样稀汤寡水的韭菜花的汁，再来点什么辣椒油之类的，总之，要品相没品相，要味道没味道。再后来，在市里很多快餐店也吃过。蓝白快餐厅早餐还是很不错的，油条像样儿，豆腐脑也改了工艺，质地发生了改善，细腻滑嫩像鸡蛋羹，卤汁也懂得用淀粉勾芡，醇醇厚厚的，但也仅限于此吧，还是不能满足我对豆腐脑视觉味觉的所有想象。

终于在我上课的附近觅得这水煎包铺，吃到了纯正的豆腐脑。且不说它的舒滑细腻有如蛋羹，也不说它的光泽柔和有如羊脂玉，单从卤汁上讲，香菇肉末熬制出香味配以少许淀粉轻轻勾芡，使得汤汁既不浓郁也不单薄，一切恰到好处。店主给你盛好后，前面有若干调料可以自行配置，有青翠的香菜末、香葱末，有红红的辣椒油，剔透的小虾皮，腌制好的韭菜花，还有一种被切成了细末的黑褐色的疙瘩咸菜。喜欢哪样配哪样。

说到这里，总是要提到老板娘。中年女人，既不热情也不冷淡，脑袋极其好用。记得住哪一张桌子吃了几个豆腐脑几个水煎包几盘小咸菜几个咸鸭蛋，买单的时候，嘴里咕哝着一会就算出来了，保证不会错。至于这样的手艺和口味，没问题，地道的东北人！

于是我频频光顾那里，有时候是因为上课顺路，有时候是穿越半个城去吃。工作太忙隔了太久没去，就会非常想念那个味道。

我担心这个海边长大的孩子不会喜欢这样的口味，因为他说他从来没有吃过，只是听他妈妈描述过。于是我提出带他去，他居然也兴致勃勃地期待着。

到了周末上课的那天早晨，我们早早地就去了。我们俩分别是一碗豆腐脑四个水煎包。孩子坐在我的对面，吃得那叫一个香！唏哩呼噜的，红扑扑的小脸上还渗出了细密的汗珠，虎头虎脑的样子，煞是可爱。我故意问他："好吃不？""嗯，太好吃了！我从来没有吃过这么好吃的东西！"他的眼睛里满是真诚，我知道，这不是应付我的礼貌话。

我心里竟然荡漾起一股温暖来。不知是因为他喜欢我带他吃的东西，还是有些什么别的原因。我一时竟也搞不清楚。

我知道在他的记忆里这样的小吃必然是没有的，我也知道以他的家境必然走过很多地方吃过各种小吃，但我更知道的是，他的妈妈一定和我一样，对孩子无数次描述过家乡的美食，姥姥的手艺，以及在那个物质贫乏的年代一碗豆腐脑所带来的温暖和满足。

而这些描述，往往就会先入为主，奠定了足够的情感基础。

2014年3月5日

向孙珍珍鞠躬

连续几年去西北旅行，都是孙珍珍做导游。

孙珍珍三十出头，是地道的西北姑娘。相貌不出众，给人的感觉却极为舒服。作为导游，她的声音柔和，口齿清楚，讲解细致，各种衔接联络都很到位，毫无疑问，她是一个出色的导游。去年夏天，我和几个老师带着一些学生走了一趟丝绸之路。因为之前良好的印象，加上这次是带学生出行，于是我特意要求俱乐部给我们安排孙珍珍做导游。虽然西北正是旅游旺季，但珍珍还是满足了我的要求，亲自在兰州接应我们，带领我们这个二十几人的师生团队，在丝绸之路上行走了十二天。

这十几天的相处，让我对这个西北姑娘有了更深入的了解，也增添了更多的好感和敬意。

到兰州是下午四点多了，安顿好了行李我们就出去逛。中华名店马子禄牛肉面照例是不开门的。我连续三年在兰州中转都因时间不合适未能吃到传说中最正宗的牛肉面。第二天早晨我们是安排了酒店就餐然后启程前往下一站的。但我和几个同行者商量来商量去，还是决定起早打车去吃。珍珍听说此事后，怕我们找不到，决定亲自带我们去。我们的大巴是进不去那个小巷的，于是我们一行人在珍珍的带领下分头打车，一大早杀向马子禄，吃货们顺利地吃到了正宗的兰州牛肉面，之后又打车返回酒店取了行李坐上了大巴继续前行。

花了二十几块钱打车去吃一碗七块钱的面，现在想想也是任性。兰州的面馆平均五十米一个，哪一处也差不了，马子禄未必就那么名副其实。但孙珍珍不那么认为。她理解一个旅者的心情，旅行的目的是什么？无非就是感受，不去想去的地方感受一下，总归是有遗憾的。珍珍要为你的不虚此行提供方便，这本也不是她分内的事儿。我所感动的，并不是她如何起大早带我们去，或者如何让大车司机等我们给我们方便，而是她那份欣然赞同和理解，根本不需要废话去解释什么，到了兰州，我们就想去马子禄吃一碗面。

我是见识过很多导游的。有些导游，游览过程中的讲解应付了事，套话连篇。他们的讲解，在网上是有现成的导游词的，我在每一次行走之前都是查阅过的。但珍珍的解说不一样。她有自己的内容和见解。我们走的路，一个地方到另一个地方，都是很远的距离，西北旅行就是这样。孙珍珍的讲解，一连着就是一两个小时不歇息。她的声音不高，好像很平淡，但却不会使人厌倦，每一句话都是那么准确，很少有废话。作为资深的语文老师，我很欣赏她说话的语速语调，讲解措辞之生动准确，以及历史地理知识之翔实。大巴在行进过程中，她就倚着车厢内最前面的护栏，拿着麦克风，看着窗外经过的关隘、山川、河流、隧道、草原、庙宇等等，娓娓道来。有时候学生们会随机提出一些问题，孙珍珍也能对答如流。看得出，她的知识面是很宽广的，并不仅仅是应付一下工作而已。她喜欢这个职业。一个人喜欢不喜欢自己的职业，那是有区别的。

此行最累的一天，是去嘉峪关坐了绿皮火车，前往七一冰川。

坐了两个多小时的火车，又换了大巴，总算是来到了冰川脚下。虽是盛夏，天气却是冷热不定。我们在游客中心租了带抓绒里子的冲锋衣，后背的背包里是巧克力、饼干、热水等给养，更有甚者，还有人背着小巧的氧气瓶。

珍珍本来是在山脚下给我们看包的，大堆的东西都交给了她。后来她还是觉得不太妥，就把东西委托给了信任的人，自己也背着包追了上来。估计她常常锻炼，身体素质不错，走这样的路也并非第一次，所以很快就跟上了我们的大部队。孩子们说说笑笑，互相打气，结伴往上攀登。路越走越难走，空旷的野外，上山下山的，加上我们这一帮，只百八十个人而已。孩子们在中途卸了包掏出吃的喝的补充体力。矿泉水瓶子、牛奶盒、巧克力包装就要顺手找地方扔，可惜这样的野路不比成熟的景区配套设施齐备，根本找不到垃圾箱。不知道啥时候，孙珍珍手中的塑料袋已经快装满了垃圾。孩子们在导游姐姐一路跟随的途中，吃的喝的包装纸就这么顺理成章地交给了她。除此之外，孙珍珍一路看见垃圾就捡，甚至需要到山路两旁的下坡处去捡不知道是谁扔的矿泉水瓶子。一个袋子满了，她就放在路标比较明显的地方，是为了下山的时候带到山下去。变戏法似的，又掏出另外一个袋子。可以说，去七一冰川的一路，就是孙珍珍捡垃圾的一路。

这片冰川，据说是亚洲离城市最近的冰川，是凭借人力就可以上去的冰川。但也正因为如此，吸引了大批的游客。人们渴望深入自然，一旦被人认定好的地方，估计离游客蜂拥而至也就不远了，比如泸沽湖，比如香格里拉。多年前我们去青海茶卡盐湖的时候，那里天蓝云白，洁白的湖映着蓝天，寂静极了，据说现在也是游人如织。

导游孙珍珍捡拾一个景区里的垃圾，我会不以为然，她也犯不上去干环卫工人的活;可是导游孙珍珍,现在在捡拾海拔三千米以上通往冰川的野路上的垃圾,我为此肃然起敬,她不仅仅指导游玩,她还指导人。

我们团队的所有人,在导游孙珍珍无声的引领下,没有一个人在那片通往冰川的路上留下任何一点点垃圾,哪怕一片糖纸。

我一直有一个想法,如果条件允许,人也合适,真想每次都能带着学生一起游览祖国的大好河山。平时我们读万卷书,假期我们行万里路。但若是每次都能碰到孙珍珍这样的导游,我们行万里路的收获,将会有意外的惊喜。

看壮美的风景固然是我们旅行的目的,读美好的心灵也是我们难能可贵的收益。

向孙珍珍鞠躬。

2016 年 10 月 18 日

有雪真好

今年冬天，我的整体感觉是十分舒服的。因为有雪，并且有较为寒冷的温度。

几场下得颇为恣意的雪，接下来是持续了半个月的低温天气。于是，这雪就一直白在路边、树上、远山。于是，每天清晨，当我走出楼门，都能看见院子里从各个楼门前延伸出一条窄窄的小路，就在院落厚厚的白雪间。而小路上走出来上班的人们，都朝一个方向汇集。他们是在前行，但因为这厚厚的白雪，远远地又看不清，你看不到他们的腿。事实上，每个人的嘴边都有呼出的白气。于是，这日子骤然生动起来。让人觉得，这才是冬天的生活。

吸一口冬天早晨特别清冽的空气，在外面走一路，衣服上都有一种熟悉的寒冷气味。那是熟悉的、久违的、北方冷空气的清香。就像晒了阳光的被子有所谓阳光的味道，数九严寒也有数九严寒的独特味道。这味道，嗯，好闻。亲切，好像翠兰小烧。

烟台真是好地方。她是个名副其实的雪窝子。哪年冬天也不会忘了馈赠给我几场像模像样的大雪。虽然短暂停留，但在质量上是不会打折扣的。那静谧的夜晚簌簌落下的白雪常常引我从梦中醒来，而那温暖的午后紧闭的门窗外悠然飘飞的无声的黑白经典，绝对让人心生遐想。我以为，雪的最佳状态在于天地一片洁白之时的雪落进行时。那是大地已经被全然盖住，白雪不停歇继续飘洒的时刻，白到你心无杂念，舞到你心旌跟着摇荡。

那个元旦假期里飘雪的日子，我们包了酸菜饺子，用红枣枸杞煮沸了一壶即墨老酒。

我心中突然就冒出一个句子来：雪落到哪里，哪里就是故乡了。

2017 年 12 月 20 日

一兜小国光的感动

上个周一，班里的一个孩子送了我一兜小国光。大概十几只吧，乖巧的样儿，羞涩的红。吃起来，果肉嫩嫩，酸酸甜甜。我怀疑我一定是在哪一次讲课时候不经意地提起过，不然这孩子怎么会想到送这个东西给我？

其实也不能算是什么特别的喜好。只是小国光是少年时候的模样和味道，总是让人追忆年少时光。那物质贫瘠的年代，几只苹果几块糖就是过节，一身粗布新衣就是过年，这还得是好人家的日子。在我们那里，吃得最多的，自然就是国光苹果，还有一种叫作金帅的，很甜，放久了会面，也不宜保存。

命运真是奇妙，没想到自己最终的落脚之地是苹果之乡。超级喜欢又红又大的红富士，几年之后，就再也吃不动了。于是四下里寻找各种即将绝迹的品种，得到后，也是心有余而嘴不足啊，但同样吝啬地独霸着。在家里，小国光、印度青、乔纳金都由我一个人吃；在单位，拿了一堆苹果去吃，红富士大家伙随便吃，其他的你们就别惦记了。可人家个个都有红富士，办公室里每天有人发苹果，发一圈再发一圈，11个人的办公室，两圈就能发去一箱，不过好像没有人心疼。谁让我们是在苹果之乡呢,谁还没有个三亲六故呢。

不过,学生送我小国光,还是引起了大家伙的羡慕,纷纷赞叹这孩子是有心人。我也同样被这十几只苹果感动了很久。

其实,珍藏在我记忆中的这样的感动还有许多许多。

在东北教书的第一年,我和丽丽分别带高一(3)班和(4)班。那时候,我们每个班级里都有山上林场的学生,他们也住校,但条件相当艰苦。我和丽丽都是新毕业的年轻老师,我们俩上学又都很早,毕业时才二十岁,和学生年龄相差无几。那年深秋,我平生吃到那么多的山梨,是山上林场的一个女生回家带给我们的。确切地说,是带给丽丽的。那山梨的香味,实在是太芬芳了。我实在是无法用语言描述出来。一大兜子,都是熟透了的。其实家在林区,以前肯定也吃过这玩意儿,不过都是一个半个的,不熟,闻着好吃,吃起来就涩涩的,而且山梨的肉渣特别粗,咽不下去,只能吃了梨汁吐了渣子。这一次真是过瘾。个个都是一包面,软软的,又酸又甜。那山野的芬芳啊,能把整幢楼都熏得生动起来。我和丽丽那时候就是俩馋鬼,办公桌的抽屉里不是小沙果就是香水梨。这个女学生真是投其所好,把我俩感动得不行,简直爱死了那山梨。

三年前,我教一个初三年级的班。当时是初二时候接的,也就是和同学们相处了两年。本来正常是带到初四送他们毕业。正好赶上女儿升初一,于是决定带初一班。班里几个比较亲近的女生知道了这个情况,都很恋恋不舍。临到期末考试前,气氛就有些凝重。第二天就要期末考试了,记得那天我在他们班,上午一节课,下午一节课。这应该是最后一次上课了。早晨我走进教室的时候,就感觉出气氛的异样,孩子们特别安静。等我走上讲桌放下了我的书本,我发现讲桌擦得干干净净的,一尘不染。这显然是哪个孩子特意做的。我不动声色,也没有说任何与上课无关的话。下午,我再去上课，讲桌还是一如早晨，干干净净，一尘不染。只是刚刚擦过的水渍还在。我的心当时就澎湃起来，往座位望去，一双双眼睛注视我，每一双眼睛里都是无声的语言。我还是没有说什么，认真地上好了最后一课。临到下课时候，我说："我看到了你们为我做的一切，谢谢你们。"说完有泪欲出，赶紧转身走掉。

还想起当年出嫁的时候。那时候女伴很少，大多已经完婚，连找个伴娘都没有。最后，还是自己的一个学生，当时在高三读书的女孩做了我的伴娘。为我送行的，还有几个当时教过的女生。她们那时候也都接近二十岁了，都是大姑娘了。她们当时都打扮得漂漂亮亮地去送我。那次送行，不光是送我出嫁，也是送我离开家乡。因为我婚后第二天就乘上了开往烟台的列车。

许多往事，历历在目。我曾经的同事、好姐妹丽丽，我的学生伴娘遵辉，我的学生好友万颖等，她们如今也都会在网络里与我联系。有时候我们闲聊上几句，但从未煽情说起过这些。人这一生，谁和谁的相遇，都是缘分。能成为师生，也是冥冥中的一份缘。缘来缘去，留下几许感动，温暖一生。

2014 年 3 月 8 日

大森林的馈赠

前几天,某些人发照片跟我炫耀在家里用都柿酿酒的事,我是又眼馋又嘴馋,口水直流。但心下一直思忖,感觉今年怎么也不至于吃不到。每年这个时候,人来人往,家乡的亲戚朋友总是不断。这也就是几天的工夫吧,外甥女返校回来,就捎了两大罐子都柿来。装得满满的,结果都柿果被白糖浸泡,浆汁溢出,以至于鼓了塑料罐子,漾得手提包到处都是。足足两大罐子啊。

朋友们,你们见过野生的蓝莓吗?我怀疑你从没见过,更不可能吃过的。那是我家乡独有的特产!我们管它叫“都柿”,还有写作“笃斯”的。它的好处自不必说,百度“野生蓝莓”啥都能告诉你。

据说大兴安岭也有,这个确实不清楚。我只知道它来自我们小兴安岭的森林里,是纯粹的、野生的、天然的、绿色的浆果。在小兴安岭长大的我,从没见过它在森林里生长的状态,因为据说要到很远很远的山林中去采,而且据说,有都柿的地方就是熊出没的地方,因为黑熊最喜欢吃这个东西了。它刚刚下山的新鲜模样我是见过的。不像照片里的这个样子,它紫红色的表皮被浆汁撑得圆滚滚的,外面挂着一层白色的灰儿,就和葡萄才摘下来的时候一样。要是一粒一粒地吃,太不过瘾,而且一会就酸倒了牙。所以,我们都是拌上白糖,一小碗一小碗地用勺子盛着吃。酸酸甜甜,满嘴的浆汁。不一会,舌头就变了颜色,紫红紫红的。还有一种吃法就是用来酿酒,装在容器里,拌上糖,放在阴凉处,自然发酵,糖能把它的浆汁都浸泡出来,把表皮过滤掉,紫红色的液体就是香醇的美酒,喝了是要醉人的。还有一种类似于都柿的浆果,叫“山茄子”,模样多少有差异,都柿是圆球形的,山茄子是长长的。大小颜色差不多,都是野生浆果。但山茄子有些涩涩的,没都柿好吃。

我们小时候念书的校门口,一到这个季节,就有小贩,一般就是个老太太,蹲在那里,面前是一个小白搪瓷盆,里面放一个透明的玻璃缸,一毛钱一缸。往里装的时候,小心翼翼地,绝对不是图片中这样被蹂躏过的。圆溜溜的,还挂着灰儿。那时候真不是什么稀罕玩意儿,也不懂得什么富含花青素啊软化血管抗衰老啊啥的,就是山野的味道,就是喜欢这山野的味道。一句话,又山又野,是森林的馈赠,如今想起,吃起,则是故乡的味道。

说起故乡的味道,我以为最准确的说法,应该是松树油子的味道,说好听点,就是松香的味道。是去年我在装修房子时木匠刨那些实木大板时整个屋子散发出来的松香的味道!太清新了,怎么闻都不够的味道。

一个人生来被一种气味熏陶,这味道便成了他终生的热爱。不知道你是否有这样的感觉,要是你长期使用一种香皂,那气味一直萦绕着你,中间过了许多年,等你又闻到那时用过的香皂味道时,连同往事都能一起涌来。或者是你习惯了某人使用的香水味道,多年之后你忽然又闻到了这熟悉的味道,那个人的影像就会逐渐清晰起来。这其实就是一种气息给人带来的归属感、认同感,转化成了一种本能的热爱。

我的遥远的故乡，散发着松香的味道。她迷人的大森林里，有小溪奔流，有山泉叮咚，有野鹿奔跑，有蘑菇成堆，有浆果落了一地，还有山梨、山茄子、榛子、松子。这些大自然的果实，曾经滋补了我，我永远记得他们独特的芬芳和味道。这些味道，让我没理由地亲近不够。这些味道，也成为我终生的最爱。

2018年6月5日

牙山访秋

我相信人和山水的相遇也是要讲究缘分的。我之所以对栖霞的牙山慕名，是听说那里每年春天竟然有漫山遍野的杜鹃花。这就与我的家乡的春天一样了。野生的杜鹃花，在我们家乡被称为“达子香”“映山红”。据说这花就是朝鲜人说的金达莱。于是对于牙山，就有了想去又不想去的矛盾心情。然而每个春天也都期许自己能去看看，却终未成行。

许是上周去了寒同山意犹未尽，再加上这周孩子正好期中考试结束，怎么也得带孩子出去喘口气。于是约了女伴，带着孩子，背了相机，就出发了。至于去哪里，路怎么走，事先也没有什么周详的计划。

最初的低级需求是走到哪里算哪里，沿途哪有风光就在哪里停下，哪里有好吃的小店，就在哪里用午膳了。一出门，就想往栖霞方面走。这路是有好多条的。我出门只认识高速，因为最方便，最不容易走丢。当然，也是由于过路费相对于绕道的油钱显得寥寥才忽略不计的。

一不小心的是，我们没有上高速。顺着机场路走，过回里收费站,一路就奔桃村去了。沿途我不停地打量一闪而过的秋色。可惜得很,自驾游的朋友们所说的桃村附近的杏树林,早已不见踪影。至于大片的芦苇荡,也属子虚乌有。有点后悔走了这条路,不如去养马岛方向,据说那边确确实实是有芦苇荡的。而且,路也很近,能在中午赶回市里去吃饭。

过桃村,很快就到了一个人多车多的小镇。原来是村里赶集。我看村碑,竟然叫唐家泊,是学校里语文组高老师的老家。更加想不到的是,很快我们就发现了路标,直指牙山风景区。

说到牙山,首先想到了吃,其次才是风景。好在同行者都是吃喝玩乐的爱好者,也算是志同道合。于是我怂恿也是同事的那个女伴打电话给高老师,主要询问的是,在牙山附近,哪家饭店的黑山羊最正宗。来牙山不吃黑山羊,这不等于到海南不去亚龙湾,到陕西不看兵马俑,到烟台不吃红富士一样吗?这是断然不可以的。至于黑山羊和白山羊灰山羊有啥区别,并不重要。重要的是,我到过牙山,我吃过黑山羊了。

一个电话打坏了事。我们热情淳朴善良好客的高老师在烟台开始了长达一个上午的遥控指挥。发动并指挥了她们老家的亲戚朋友,帮我们免了牙山公园的门票不说,还在景区内的宾馆安排我们吃了一顿黑山羊的盛宴。临走时候,据说还在唐家泊我们回家的必经之路上放了几箱苹果,让我们带回来。好在我们胜利“逃脱”了。我们感动得眼泪哗哗的,真是祖国处处有亲人呐。回来后我还没来得及见到高老师呢,要是见到了的话,我一定对她说:“老高,到我家乡去吧,我一定请你吃猪肉炖粉条,小鸡炖蘑菇,土豆丝炒土豆片,请你坐在火热的炕头上,咱们再整一壶翠兰小烧,或者北大荒大曲,纯粮食酿造,60 多度,你看那多带劲儿!哈。”我估计我这么一说,老高可是高低不敢去的。

又给扯跑题了。书归正传。于是我们逛了唐家泊的大集，买了一些驴肉和青菜，这真是劳动妇女的本色，走到哪里都不忘本职工作。之后来到牙山风景区，顺利进门后直奔酒店。在十二点时，我们正式吃到了黑山羊。具体菜名是，羊排(清煮的一盘，油炸的一盘)，羊肚，羊蹄子，羊血，跑山鸡，爆炒农家绿色的大白菜，还有家常饼。尤其值得一提的是，最后在我们都撑得不行了的时候，服务员说，他们刚刚蒸出来一锅饼子，是槐树花馅的。我们一听，眼睛都绿了。在这样“艰难”的情况下，每个人又吃了一个饼子。那滋味，真叫一个难忘啊。

下午两点，我们在被撑得走不动的情况下，开始登山。可见对牙山的热爱并没有因为黑山羊而减少。

牙山果然不负我们的热望。虽然初冬季节，人烟稀少，人迹寥寥，但每个人心中都有自己的“南山”，各人眼中都有各人的风景。拾级而上，随处可见达子香的树丛，叶子是经了霜的红褐色，仔细看叶子的芯处，竟像是含有花苞，只是很微小。我不知道这个是不是真的是明年春天的花朵。不过要是真的在这个季节就开始孕育的话，那明年春天的艳丽与铺天盖地，也是相当值得期待。

其实我们还是来晚了一些。很多树的叶子都已经落光了。但由于这牙山植被特别丰富茂盛，山林虽有着初冬的寂寥，却也处处是风情。我们去寒同山的时候，带了很多漂亮的色彩艳丽的披肩，这次自然也带了，却没有拿出来，因为感觉艳丽在这里是不搭调的。山林是素淡的，线条感特别强，不适合张扬的美。安静下来，坐在山路的台阶上，看山风吹过，某些顽强的叶子还在做着最后的舞蹈，算是优雅谢幕。这时候，你会想到一些诸如时间、光阴、华年之类的词，你会觉得，其实我们素面朝天，布衣最暖，菜根最香，人生的滋味莫过于此啊。

游山玩水是一种情致。简单而忙碌的生活间隙,我们都需要去看看山,看看水。其实山水、土地、田园,是每个人生命的本源。回到那里,是可以产生一种类似于回归了母体一样的安全感和归属感的。

但愿自己总能抽出时间来,总能有闲情逸趣来寻山访水。

2009年11月5日

天鹅，你好

知道天鹅，是在小时候的童话里。饱受歧视和欺侮的丑小鸭从鸭群中脱颖而出，一双洁白的翅膀助它在辽阔的天空飞翔。那时候，我深信坚守理想就一定能成为美丽的天鹅。等到稍大一些可以欣赏柴可夫斯基美妙的乐曲、可以欣赏四小天鹅优美的舞姿时，心中产生了强烈的震撼：原来，这世间竟然有如此美妙的东西。

天鹅在我心中，播种了遥远和神圣，也播种了可望不可即。其神圣与遥远，似乎可与龙凤媲美，而所谓龙凤，不过是子虚乌有的传说。

在胶东半岛待了若干年，与天鹅的距离不过百多里，竟然从不知晓。这种神仙样的鸟就在离我不远处的一个叫做烟墩角的海湾里越冬。如期来，如期走，从不失约。

终于踏上拜访天鹅的路。驱车一小时，还没进海湾，一片嘎嘎声就传了出来。嘎嘎嘎嘎，像千万只嘴一起啄地，像若干声部的天鹅合唱团正在出演。此起，彼伏，又此起……

近了，隔着清晨朦胧的薄雾，海湾里竟像停泊了无数只纸做的白船，不游动，不起，不落。即便这嘎嘎声一直在响，也没有看到哪一只如骆宾王说的那样“曲项向天歌”，它们叫得动声不动色。这样很好，避开了粗野，多了几分和谐和默契，仿佛无须指挥，节拍已了然于胸，抑扬或者顿挫那也都是仿佛排练了上百次了。

当薄雾散尽，它们已经近在咫尺，触手可及。目光是善意的，不恐惧，不躲闪。岸上这么多扛着长枪短炮的摄影者们，只是调整着镜头的方向，紧紧地盯着取景框，生怕错过了每一个精彩。而孩子们，也是少有的安静，没有追逐，没有喧哗。大家都屏气凝神，在这神圣一刻，用目光对接目光，用心灵触碰心灵。

海湾不大，天鹅很多。这样就造成了一群群的天鹅聚在一起。但你细看，还是可以看到它们是两两相伴的。据说天鹅是忠贞爱情的象征。它们总是双双对对。低头照影，平静的海面将他们颈子与身体构成的曲线复制得更为完美；追逐起来，溅起的水花将它们的羽翼打湿成一片晶莹。而远处天边突然俯冲下来两只，打开的翅膀完全垂直在一条线上，像并行的两只战斗机，机翼巨大而威武。这姿态，真是熟悉得让人鼻子发酸，人类的智慧远远没有上限，天空中有多少这样熟悉的“大鸟”在飞翔！

从童年的一页童话里立下志向，到少年时代在艺术的氛围里感受愉悦，而今，天鹅依然给我仰视蓝天的渴望。这体型巨大姿态优雅神情高傲的鸟，让我由衷赞叹，让我忍不住对它说：天鹅，你好！

2016 年 12 月 25 日

回家过年

当我敲下这个题目的时候，年的脚步正渐渐临近，我仿佛已经听到那咚咚咚敲打着冰冻的大地的声响，嗅到了那寒风中飘荡的炊烟的味道，大红的春联贴在木门两侧，五彩的挂旗在风里摆动。“吱嘎”一声推门而进，饺子已经下锅，热气腾腾的，热炕头上盘坐着的是亲切又模糊的面容……

年的味道在老家。年的意义在回家过年的旅途中，在拥挤的人流中，在装得满满的旅行包中，在日夜兼程的轰隆隆的车轮声中……

在中国，年，就是一场全民参与的大迁徙、大流动、大转移。北上的南下，南来的北往。江南的回冰天雪地的北国；江北的，去春暖花开的水乡。更多的是，城市的人回到乡下，回到山村，回到生命最初的土壤。

像是为了利用这短短的假期，给自己渐渐变调的乡音调弦，给自己蒙了一年俗尘的身心做一次彻底的清洗，也像是给自己劳累了一年的筋骨一点放松的慰劳，这一趟行程，再远，再难，也要不惜一切代价。买不到坐票，可以买站票，挤不上火车，可以自驾。没有汽车，可以摩托车开道。短短几天的年，意义就是这样非同寻常。值得每一个游子，不惜金钱和精力，随同这回家过年的大部队，南征北战。“有钱没钱，回家过年。”这一年，可能怀揣着收获和成功，这一年，也可能怀揣几许落寞和失意，然而没有什么可以阻挡回家过年的脚步，没有什么可以抵挡老家年的召唤。

如今，对于我而言，回老家过年的可能性已基本不存在了。老家，已人去楼空。自从外祖母去世，父母弟弟就搬来了烟台，那边只留下几处房产还没有处理。婆婆家也在多年前搬到了这里。在这样的新年，我们不出小区就可以和父母团聚。新年于我们的意义，没有了奔波和与亲人久别重逢的欢喜，少了很多牵挂，也多了些安心。

其实，细想想，老家如果没有亲人，如果父母不在，还能回去过年吗？还回去和谁过年呢？这么说来，回家过年，过的年，就是父母健在、亲人团聚的年啊。父母在哪里，哪里就是老家啊。

老家我是回不去了。什么时候，我自己的家，也会成为一个老家，也会成为孩子千里之外为之奔波的一个目的地。到那时，我将老眼昏花地擦洗器皿，贴好窗花，挂上灯笼，蒸煮煎炸，等待女儿回家。

新年的鞭炮声就要响起来了。无论怎么憧憬自己的未来，我依然在别人张罗回家过年的时候，渴望有那么一天，自己大包小包，牵着孩子的手，挤上火车轮船，风尘仆仆，星夜兼程，只为回家过年。

2017年2月3日

家装之 我的实木情结

以前从来不用实木来称呼木头。因为从来不知道啥叫非实木。木头就是木头，没有实不实之说。

我对木材的事一窍不通，却本能地对实木怀有天然之热爱，对它的纹理，对它的芳香，对它敦厚而温暖的质感。

我的家乡是素有“红松故乡”之称的林区伊春。从小我们就在木头堆里玩耍，在木头堆里走路。满山遍野是木头，家里家外也是木头。木头板杖子用来与邻家割开地界，木头柈子用来填进炉膛，木头架条用来支撑起豆角，鸡架是木头的，鸭棚是木头的，猪圈也是木头的，甚至去后院菜园子西北角的茅房也要踩着红松大板方过去。靠山吃山，靠水吃水，小时候的一切物质来源，都是木头换来的。那时候没有环保工程，也没有“滥砍滥伐”这个词。有时候我们常常回顾小时候的生活，现在想来，足够奢侈。有时候同事议论说买门，这个说实木复合的好，那个说实木的好。单就实木，有的说胡桃木的好，有的说水曲柳的好，有的说黄玻璃的好。我就寻思，小时候在家里劈柴烧火的时候，水曲柳是最好劈的了，咔咔的，一劈就开，可顺溜了。白松也好劈，疙瘩结子少，一会就劈一大抱，很有成就感。

家里通常几年就要做一次家具。印象最深的一个木匠，那时候叫袁哥。人很老实，就在家里的一间房子里做活。一做就是半个月。家里管饭，不给工钱，因为是爸爸的朋友。什么衣柜五斗橱写字台，没啥好样，但是敦实厚重。

我们上学走的路，可以说是最具有挑战性的路，也是最有趣味的路了。不在林区长大的人，是不会有这样的经历的。

家和学校之间，要穿过贮木场。所谓贮木场，就是储存木头的地方。那是一个老大老大的场院。有龙门吊，有电瓶车，也有人工装车的大跳板。我们上学可以绕着场院外面的大路走，那样绕远。也可以穿越场院走，走直线最短。走场院，是绕着木头垛走下面，还是直接在木头山上走，这是胆量，也是技术活。我一般走木头垛。

大原木从山上下来，都堆在场院里。一垛一垛，像山一样，不过不是小山。你可以想象它的高与陡。我们走在上面，眼神要准腿脚要利落，因为你首先要看准，哪个木头可以踩，哪个不可以。有的压的不实诚，一踩就容易轱辘下去；有的刚要轱辘，你的脚立马换了地方，那还来得及。不过一般来讲垛得都蛮实在的，这样就是先走上坡，再到高处，再下坡，一垛一垛得走，走一垛又一垛，大木头垛上走着的，全是学生。穿过场院，就是我们的学校了。我放学的时候，也走这个场院。一般来讲，我一边走一边捡桦树皮。走堆桦树杆子的木头垛，桦树皮有的自己都掉下来了，有的可以现扒，反正都是干的，一拽就拽下一大张。桦树皮引火最好了，一点就呼呼地着。我小时候就是会过日子的人，家里柴火有的是，明子也有，但我看见桦树皮还是会捡回家，绝不空手。

我听过装车工人喊劳动号子。一排四个或者更多，用大钳子一样的弯钩勾起大木头，一样的步伐，一样的号子，嗨呦，嗨呦，走上高高的大跳板，把几个人围起来都抱不过来的大原木装上火车。那时候看这场面，觉得很正常，没什么震撼。

前段时间日本地震，东京市长说了“天谴”一词。我觉得我今天的实木情结在遭遇了装修材料的时候，也有点这个意思。首先，我们买不到红松。退而求其次，只能买到俄罗斯的樟子松。我对松树的品种了解不多，但真是爱死红松的味道。松香啊，松香。可是就算我有钱可以买，现在的我还忍心家乡的红松再遭受斧头的虐杀吗？他们都已经被保护起来了，都已经像一个个需要照顾的孩子一样被挂牌领养了啊。

我现在用的两个书柜，是伊春光明的，是家乡的著名品牌。本来这次家装，很多旧的东西就不要了。但这两个书柜，我还是要带走的。而且我和木匠说好了，照这个样子，再给我做一个。“伊春光明，款款深情”，这广告词，说给伊春以内和伊春以外的非伊春人，都是没有用的。说给我这样的人听，还是可以共鸣并收到一定效果的。

有朋友对我的家装想法颇有微词。他们认为南方人做活精致漂亮，也建议能买的东西就不要做了。手工贵不说，做不好也是会很蠢的。家具的问题，如果可以买得到喜欢的实木的式样，我可以接受这个建议。但有些地方还是需要木匠来做活的。那就需要购买材料，真材实料，必须的！

为了保证绿色环保的家装理念得以实现，我们买了实实在在的大木头。木头被送进了烘干房，要等待一个月才能出炉。也就是说，一个月以后，才可以动工做木匠活。

为了照顾我的实木情结，或者说红松情结，高低等了。

2009 年 10 月 5 日

怀念姊妹花

又到了这样一个三月，我的遥远的故乡的早春三月。

我不知道你坟茔上的积雪是不是已经融化，我也不知道你长眠的那块土地是不是有春芽在萌发。我飘飞的思绪，我悠远的记忆就这样一点一点地走向你，走向你，我的亲亲的姊妹花。

记忆中的你，永远是十九岁的美丽容颜，永远脚步如风笑靥如花。相识在含苞待放的花季年华，我十六岁，你十九岁。我有时叫你“扑通”（是你名字的谐音），有时候叫“三姐”（是你在宿舍的排行），有时候，我干脆就不理你，那时候，我们一定是闹意见了。

宿舍里的八个姐妹，走出去齐刷刷的，带劲儿着呢！却不知道在宿舍里，仨一帮俩一伙的，整天钩心斗角，很是复杂。我不知道我那时算不算是诡计多端的丫头，反正我是没少和娟说你的坏话。

我们笑话你不会过日子，每个星期十元钱的伙食费你到了星期三就花得差不多了，然后就是捉襟见肘地等待着周末回家。我们笑话你的小家子气，一个脸盆用了四年，硬是一块儿漆都没有磕破。一双猪皮鞋你穿了四年竟和新的一样，你总是很小心地伺候着那双皮鞋，上上铺睡觉时，还把它也拎上去，说是怕被别人踩了。我们更笑你对那个男孩子痴情用心，一点不够洒脱，硬是让他给牵着鼻子走，苦恋了两年，还是在毕业的时候让他给甩了。

你生活在一个没有亲情没有温暖的家庭中。只有你的母亲还算是疼你。你和二哥就是仇人一般，一见面不是吵就是打，你和大哥好几年也不说话，形同陌路。你的爸爸是个性格古怪的医生，和你妈妈不吵不骂不冷不热地将就着过日子。每当姐妹们在一起谈论着家里的姐妹弟兄之间的趣闻时，你都在一旁眼巴巴地露出羡慕的神色，表现出你的向往和渴望。

你喜欢唱歌，总是把嗓子勒着，然后双手端握着，嘴巴张得圆圆的模仿着美声唱法的样子，逗得我们哈哈大笑；你喜欢跳舞，有着柔软的腰肢。我们一起去学探戈，你偏要做我的伴，跳男步，那时候我可比你长得高啊。我们配合得很默契，忘记了争吵和不愉快，专心跳舞，然后回来时，冷战再接着继续；你说你会拉手风琴，说起你的老师，你总是眉飞色舞，等开学的第二个星期，我妈妈帮我把我的琴送到了学校时，你摸着我的锃亮乌黑的带着大亮盖儿的鹦鹉琴，说："我可以拉一下吗？"

那时候，你喜欢在黄昏时分的教室里，用那台漏风的脚踏琴边弹边唱"长亭外，古道边……"你的音色不美，琴技也一般，但你是那么投入，充满了感情，仿佛沉浸在某种意境和遐思之中，十分忧伤，给落日后的校园平添几许落寞和惆怅。

你是多情的，多情的近似"好色"。你喜欢的男孩子都是那种英俊小生，也不管他学习好不好，人品怎么样。在那个年代，你表现得非常大胆，你在宿舍里毫不掩饰你对某个男孩子的爱慕。有口无心的你，怎么也想不到，你在宿舍里高谈阔论的那个中文大专班的脖子有点僵硬的人，成了我们老六的姐夫，而你勇敢追求的那个同班男生，也成了女伴的丈夫。姐姐，别怪我惊扰你的魂灵，在你离开十多年以后,我还在这里品评你的爱情。在那个纯真的年代,你不知道,我是多么羡慕你的勇敢你的率性,羡慕你敢恨敢爱的性格。尽管我那时回敬你的是嗤之以鼻,是明讥暗讽,甚至拉帮结派地孤立你。

最终,你情有所归,在毕业的前一年里,你和他的爱情如火如荼。他也是同班同学,是个花心的男生。在那个年龄段,姐妹们尚且能一眼看穿,而你却一叶障目深陷其中了。你给他打饭给他洗衣给他抄笔记,为了他不惜和无辜的女伴翻脸。我们都嘲笑你的傻你的痴都在诅咒你们的爱情没有结果,那样你才可能获得幸福。

毕业前的一个深夜,我们在熄灯以后躺在各自的床上聊天。不知道是谁首先提出一个幼稚的话题,说毕业以后的第一件事情做什么。我记得当时我说,我回家的第一件事就是让我妈妈给我买个小赛车。20 世纪 90 年代初期,刚刚时兴那种变档的小变速的自行车,非常漂亮,我妈妈答应我一毕业就买给我的。然后你就问我需要多少钱,我说是四百多元吧,你很仔细然而也只能是大约地估计了一下,你说除去必要的生活费,你需要到年底的时候才能买这样的自行车。当时我很惊愕。我用一个"拿来主义者"的丑恶嘴脸来诘问你为什么要自己买。你无言以对,一双明亮的眸子却在黑夜里闪烁……

毕业聚餐那天,男同学无一例外地穿上了西装打上了领带,女同学也都尽可能地打扮自己,显得摇曳多姿,我们八个姐妹全都跑到理发店把额前的刘海儿吹成了当时流行的"晚妆",我是白衫绿裙,你是湖蓝的套装,那时,我们都是二十岁的大姑娘了。

我们在校园门口的那家餐厅里,频频举杯,殷殷祝福,哗哗流泪,并有了信誓旦旦的约定。姐姐,我哪里知道,那竟是我们今生最后的晚餐。不管那艰苦的四年同窗共寝的岁月里我们有过多少次共饮一杯水共进一碗饭的经历，那最后的晚餐还是定格了你最后的美丽，成就了我永恒的记忆。我的照相簿里还珍藏着那张照片，是班长为我们照的。也不知道她当时是在照谁，拍下的竟是你的背影。每到这样一个情感萌芽的季节，我都要把它找出来细细端详，你的背影使我很清楚地见到你当时的发式，是两根精心编就的八股发辫，在下面又自然地挽在了一起，前额的晚妆刘海儿也是异常清晰。这并非有意拍下的照片，你留下的就是这样一个背影，你背着我们走了，你从此再难以向我迎面走来，笑吟吟地向我走来，走向我们平凡而火热的生活。

你捧着山涧采摘的芬芳的山花，你在花丛中找寻五瓣的丁香，你大呼小叫地指给我看水里的游鱼，你端着饭盒走向你的少年恋人，姐姐，你从此再也没有了这样的生活，你留给世界的，留给亲人和姐妹的，就是一个这样的渐行渐远的背影。在通往天国的路上，你踟蹰独行……

其实，那时候，你就已经弱不禁风了，还记得那个夏日的午后，我们几个逃学去了公园的永翠河洗衣服，在清澈流淌的小溪，我们追赶着疯闹着，夏日的天，说变就变，一阵急雨来了，大家正准备仓皇地逃窜到不远处的吊桥下避雨。“假小子”娟发话了，她说：“你们都别跑，我们一起在雨中挺着让大雨淋个够怎么样?”我们一听，就很兴奋，然后我们欢呼着表示同意，我们在雨中又唱又跳，挥霍着那从没有过的畅快和淋漓。雨过天晴，我们晒干了衣服，叽叽喳喳的，像一群山雀一样又搂又抱地跑回了宿舍，一夜香甜无梦。又一个清晨醒来，你却爬不起来了，额头滚烫，呓语不断。吓得我们赶紧给你请来了校医，他问明了原因，斥骂我们“找死”，却忽略了我们红润健康的脸和大雨“浇灌”下的青葱。姐姐，斯时，病魔已经侵袭了你的肌体，我们所嫉妒的你白皙的肤色其实是严重的贫血，我们所嘲笑的你的“东施效颦”其实是你身体的虚弱，我们所看不惯你的挥霍的爱情，其实是你最后的生命激情，我们看不惯你的大手大脚地花钱，也不过是你短暂生命最后的也是最好的享受了啊！

毕业一个月不到，你就住进了哈尔滨的医院，你的冷漠的医生父亲，竟然觉察不到女儿的异样，“直肠癌”晚期才发现你的病情，你的粗心的妈妈更是整日悲切在自己的婚姻中，无暇顾及你生理上的不适。你的天真幼稚的姐妹，却领着你疯闹，糟蹋着你的健康。更加遗憾的是，毕业后的天各一方，即使知道你躺在病榻上，也无法抽身不能前往。还是梅亲自去了哈尔滨，姐妹执手，你才嘱咐了临终的遗言。梅说，你在病床上已经躺了半年了，只剩下一副身架，轻飘飘的，像羽毛。你柔声细语地和梅倾诉着前尘往事，回顾姐妹情深；你说你多想成为美丽的新娘，披着洁白的婚纱；你说你要把发辫编成八股，插上山野采来的无名野花。你给梅看你无名指上戴着的那枚白银的戒指，你说是他送你的，你要戴着它安眠，如同戴着他的爱情。你嘱咐梅，如果你走后他来寻你，一定让他采一束野百合放在你的坟前，这样你就可以告慰自己的痴情和芳心……

你走了，走在这样一个三月的春晨。你还没有骑上小小的赛车，也仅仅就穿过一双猪皮皮鞋，你戴着的是他送的那枚白银的戒指，你在吃上的最大的享受也不过是那个年代里的“烧鸡大腿”。我的红颜薄命的姐妹啊，我的亲亲姊妹花，你曾经同餐共寝的姐妹，你的吵嘴疯闹的女伴，你的那些小肚鸡肠尖酸刻薄的女伴啊，都做了新娘，都成了母亲，都在温馨的和风里，舒展着枝条，灿烂地开放，开放在整个花季……

在不久的一天，我们就要有一次海角天涯回归的相聚，到时候，我会郑重为你摆上一副碗筷，留出属于你的座位，希望你不要缺席……

江南已是草长莺飞，我这里也是杏花春雨。我的遥远的故乡是否还是霜重天寒？你的坟茔上的荒草是否即将萌发新绿？在你离开12年后的这个春天，我为你写下这样的文字，为你献上你喜欢的牵牛花，也为我们曾经的火热青春献上祭奠的话语……

我的亲亲姊妹花，你安息吧……

2006年3月7日

属于『五彩线』的记忆

又是一年端午时。

其实我的北国故土，与这样一个有着江南人文特色的传统节日——端午，好像并不相宜。这不仅仅是因为她不具备关于屈子投江的悲壮的地域优势，同时她与赛龙舟赶庙会等与端午有关的一些活动也搭不上边儿。然而，这个节日，毕竟是属于整个中华民族的。地域不同，时令特点不同，风土人情不同，流淌出来的韵味自然也不尽相同。

五月的小兴安岭以其山青水明，赋予端午远足踏青的活动，足以赛过江南的龙舟会；而山泉淘过的糯米，山泉浸过的竹叶，其清芬，其芳香，更是沁人心脾，熨帖了五脏六腑；更有那长长的五彩线儿，用来驱虫辟邪的“五彩线儿”，引人遐思，牵人魂魄，多少年后回望，免不了的，仍然是神往……

印象最深的，自是偏远的小山村，自是天真烂漫的少年时。

端午节前夜，不，甚至是前几日，村里的女人们就开始互相交换自家的丝线了。在我们那里，端午节的这一天，孩子们的脖颈、手脖儿、脚脖儿，都要系上五种颜色配好的细丝线，据说是为了驱虫辟邪。那时候的生活是很清苦的，要想配齐五种颜色的丝线也不是件容易的事。况且有的是细丝线，有的是棉线，有的甚至是粗毛线，能戴上配制的色彩艳丽粗细均匀的五彩线儿，也是一种荣耀呢！

常常想起那样的夜晚，我和小姨盘腿坐在姥姥家的炕上，小姨一只手拽着不知道和几个大姑娘小媳妇换来换去才满意的五种颜色的丝线，姥姥则在另一端用手抻着，然后两个人一齐朝相反的方向捻，五彩线就交织在一起，煞是匀净好看。捻好一点就往线板子上缠一点，就这样，一会就捻好了。小姨对我说：“你过来，来，我给你戴上。”我就美滋滋地把脖子往前一伸，任由她给我戴上。有的时候，因为我捣乱，那捻好的线顺着捻的劲儿就破开了，小姨一边叨咕着一边再次捻好，当我由着她武装完毕，姥姥就好像如释重负一般，上下打量我几个来回，很欣慰地说：“好了，这回就不怕蚊虫叮咬了！”好像我是真的戴了什么护身符似的。那时候，女孩子也没有什么项链手链之类的饰物，五彩线就是最美的装饰了。真不知这样的习俗是什么时候有的，是不是各地的女儿家都拥有这样的五彩线儿，都拥有这样的五彩梦？这样美丽的五彩线，虽然是属于少年的，但我竟多年不肯舍弃，一直到长大成人后，还年年戴一阵儿，反复地把玩着。

现在想想，家乡地处北国边陲，春天总是姗姗来迟。端午前后，蚊虫才开始出来活动，雨水也渐渐多起来了。而端午节给孩子佩带五彩线，其实是长辈一种衷心的呵护之举，一种殷殷的祝福之情啊！

那时候我天真地问过姥姥这样一个问题，就是关于五彩线什么时候应该摘下来。姥姥告诉我说，端午过后的第一场雨后，作为驱虫辟邪功能的五彩线发挥作用了，就可以摘下来了。那时候我是渴望多带些时日，心里就总是在念叨着“可千万别下雨啊”，遗憾的是越怕什么就越来什么，往往有的时候，第二天就下雨了。雨后，又是小姨带着我，来到村前的小溪边，摘下我手上脚上脖子上的五彩线，丢在河里，看着它顺水飘走，渐渐远去。她也好像终于完成了一项使命，了却了一桩心事，仿佛这样，她的外甥女就可以过一个没有蚊虫叮咬的愉快的夏天了……

属于童年五彩线的记忆，就是这样一段五彩的记忆，它常常出现在我的梦中，出现在我多少次的神思遐想中。当女儿还躺在婴儿车里，乱蹬着她莲藕一般粉嫩的小腿儿时，我也在那年的端午为她郑重地系上了五彩线，系上了来自故乡的长长的五彩线，也系上了来自故乡的殷殷祝福和长辈的关爱，更传递着一种虔诚的呵护……

又到了这样的端午。“入乡随俗”是一件多么可怕的事情。我要在这里过第九个没有葫芦没有踏青远足没有艾蒿的端午。我要一觉睡到天明，然后匆匆吃了早饭，挤在上班的人海里、车流中，也挤在城市的尘土中、喧嚣里。

再没有了凌晨两点时的清醒。那时的北国故乡，天已放亮。还在上中学的我，一睁开眼就赶紧爬出被窝。去会头一天早就约好的同学，准备把红旗第一个插上西山顶峰。大路上，小溪边，人挨人，人挤人，熙熙攘攘，人声鼎沸。晨露还在峰间缭绕，耳边是清脆的鸟鸣，当我们把红旗插上胜利的顶峰，才发现，山峰上的松树枝上早就挂满了各种颜色的葫芦，红的，绿的，黄的，还带着长长的穗儿，在晨风中飘摇。

再没有了小溪边洗眼明目的虔诚。小溪淙淙，山泉叮咚，到小溪边捧一捧山泉，喝上一口，是怎样的甘美芬芳！再用山泉洗一把脸，是何等的滋润畅快！而山泉洗目，必将是耳聪目明啊！家乡的女儿，清澈如泓的双眸，必定是这山泉滋润；那冰肌玉肤，也必定是这山溪滋养。“山间百步走，活到九十九”“走百步，去百病”，都是要在这一天里虔诚地去做，才可以灵验，才能够实现的啊！于是，你看到那山林间踏青的乡亲，老的，小的，男的，女的，爱活动的，不爱出来的，在这样一个清晨，都赶集似的出来了。他们都来赶一个集，赶一个属于春天的集，赶一个五月山间的集，都来赴一个无人组织，却是人到得最齐、到得最早的盛会，赴一个听百鸟鸣，品山泉水，采艾蒿草，挂彩葫芦的盛会！

再没有了那口八印的大锅。锅里是前夜就煮好的粽子。在煮粽子锅里煮出的鸡蛋，外皮儿带着竹叶的青绿，内心儿透着竹叶的清香，还滚烫滚烫的，装在两个大口袋里，一路上，在手里把玩着，心里按捺不住喜悦。到学校后，少男少女们拿出自己的鸡蛋，又是一顿磕磕碰碰。

再没有了，没有了那飘逸灵秀的纸葫芦。那五颜六色的纸叠的葫芦，小的有拇指大，大的有碗口粗，油光纸，普通彩纸，还有金锡箔纸，带着长长的穗儿，拴着长长的线儿，配上沾着露珠的青枝树叶，就挂在我们的门楣上，家家户户，像灵动的彩色天使，更像春天里细语软声的风铃，摇曳多姿。而今，我无从回忆它的叠法，我对着一张小小的纸片发呆，无所适从。幼年灵巧的手指已经退化，不，是蜕化为城市森林里的枯枝。

世界上总有一种东西难以割舍，它流淌在血液里，印烙在心灵上，混合在呼吸中，也跳动在脉搏里。那就是属于故乡的记忆。无论老守田园，还是远走天涯，我们总要有一种痕迹，总要有一种特征，用来区别我们和他们，区别这样一群人和那样一群人，这个痕迹就是乡土情结，这个特征就是乡土文化。

属于“五彩线儿”的记忆，就是我永远的乡土情结，属于故乡端午的风情，就是我永远的乡土文化……

2005 年 6 月 8 日

拉面女孩

她扫了我的二维码,我通过,然后备注存下“拉面女孩”,她扑哧一下笑了,脸上那两抹高原红更红了。

她是我楼下兰州拉面馆家的女孩,负责收银。工作忙的时候,我中午不能回家,常去拉面馆点一碗拉面,端到办公室来吃。一来二去,就熟了。有一天我说,我们互加微信吧,这样我点餐你们做,好了你吆喝我一声,我就下来端,免得浪费时间。

于是我有了她的微信。

女孩年龄不大,十七八岁的模样,正是好青春。个子不高,喜欢穿一条背带牛仔裤,头发有些自来卷,皮肤粗糙,手更没法看,脸上的高原红十分醒目。

拉面馆很小,却是正宗清真。中午时分,那里很是热闹,基本座无虚席,顾客群大部分是附近做工的人,盖浇饭盖浇面有饭有菜,物美价廉。她很忙碌,收银兼端盘子端碗收拾桌子,一并全包。她朝那个小布帘子窗口喊:“一碗炒刀削,一碗西红柿盖浇饭。”布帘子后面是她的父母。一会的工夫,布帘子撩开,一碗一碗热气腾腾地从里面传递出来。她嘴里巴拉巴拉地算账,这桌三十八,那桌四十五。

同时手里捡了用过的盘子、碗,送给布帘子里接应的人,再给新进来的客人拿来一份点餐单。小小年纪,眼到手到嘴到,那叫一个迅速麻利。

小餐馆里光线暗淡,时有民工兴奋地喝点酒,于是喧嚣甚起,女孩小小身影像没有颜色的青春在暗淡的光影里穿梭。偶尔目睹,心里总生出一些说不清的感慨。

也许为这暗淡的青春惋惜,也许感怀于身边的和眼前的这些不一样的花季吧。

她腼腆地朝我笑。用浓重的口音说:“你要一碗炒刀削。”说完,还有一种猜中了我的得意。

正是微雨杏花过后樱花扯天铺地山野烂漫芬芳的时节,朋友圈里晒花晒春色晒笑脸频频刷屏,自己却被琐事缠身遗憾着又要辜负一年好春色。从不发消息的拉面女孩也有动静了。那是一组她的照片,有自拍,也有他拍。在樱花树下,女孩的剪刀手遮着两颊,做可爱状,女孩蹲下细嗅樱花,女孩拈花轻笑、临水自照,女孩 PS 了照片给自己镶上了小猫咪的胡须,女孩会用美颜把高原红弄没了,脸白皙水嫩……

眼前的她仿佛从春光中凸显出来,烂漫的春色像潮水般退去,成了她青春的背景。一个拉面女孩在春光里抒情的面孔和姿态,忽然让我想起家乡山谷里那些寂寞的野百合,就是我们俗称的那种“散落花”,花开灿烂时,花蕊里有点点的雀斑。在寂静的山谷里,不是春光属于它,而是它本身就是全部春光!

后来,我终于放下琐事,去山上走了几次,我对自己说,绝不辜负每一年的好春色,因为你本身就是自己的春光。

2017 年 11 月 2 日

遇见

坐在喜家德饺子馆里，随着开门关门人进人出，忙碌在各个角落里的服务员们总会齐声喊“欢迎光临喜家德”“好吃再来喜家德”。好像他们身上按了定时的按钮，直接连着门闩一样，门闩一动，开始喊，门闩再一动，换词继续喊。实在噪得慌。

如果这也算是企业文化，我看挺奇怪。不过这不影响我喜欢他家的饺子。

三四种馅，五六种小菜。包饺子的环节是透明公开的，你如喜欢，可以观摩，就在透明干净的大橱窗里面。每一个饺子的剂子，都会在揪下来的时候放在秤上称一下，以保证分量，其实真是不必，我觉得有噱头的成分在里面。不过这也不影响我喜欢他家的饺子。

那天晚上过了饭时，有春天的微雨飘散。我和先生懒得回家做饭，索性去吃喜家德。点了两盘饺子，服务员给倒了两碗饺子汤。慢慢吃。店子不大，在阳光 100 楼下。窗玻璃落地，看外面一目了然。

一个老太太夹着布袋子，慢慢挪着步子，疲惫的神色，仿佛经历了一天的奔波终于不用再赶时间了一样。衣衫算不得褴褛，让人猜不透身份的真实,顺着店的落地窗环了半圈,挪进了店门。

“欢迎光临喜家德。”噪音又响了。

老太太径直走到里面的一个位置,坐下。我猜,她应该是吃盘饺子再回家。服务员过去了,拿了一个饭碗,倒了一碗饺子汤。老太太坦然地坐在那里,享受着被人服务的待遇,甚至还有一点点的矜持。服务员表情安然平静,甚至还有职业般的微微笑意。我则远远旁观,揣度接下来的故事。

老太太喝得很慢。服务员离开忙别的去了。老太太的脸上,只有疲惫,看不出悲喜。一会儿工夫,还是那个年轻的女服务员折回来了,躬身询问什么。老太太点头,又倒了半碗饺子汤。

我静静地看着眼前这一切,压抑着想要送盘饺子给老太太的冲动,我知道,那样做并不能表明什么,也许不会比一碗免费的饺子汤更好。

老太太终于喝完了。拿了餐纸抹抹嘴,又擦了擦放碗的周边,叠了那纸,放进衣袋。随后,站起身,把放在凳子上的布袋子夹了起来,慢慢向门口挪去。

当她拉开大门的时候,一个声音,齐声从四面八方响起:“好吃再来喜家德。”

忽然觉得这声音不再聒噪,原来,它不仅送给每一个消费者,也送给一个来免费喝汤的老太太。

2018 年 3 月 6 日

白雪红灯过大年

北方的一整个冬天似乎都在下雪。那雪，下得多姿多彩，下得风格各异，很难说得清哪一种更美。

腊月里准备过年的时候，洗过的衣服、被单晾晒在院子里，冻得硬邦邦的，有一股冬天的馨香，我总觉得那是蜡梅香，实际上大东北怎么可能有蜡梅。中间会有那么几天，天气很晴朗，莫名其妙地，就飞起了雪花。晴空飘雪是极美的。这种飘雪似乎就是为了表演，东飘西荡，尽显妖娆。天是那么蓝，雪是那么白，尽情舞的雪花，让人想起“你是雪花天上来”的诗句，想放声唱一曲《我爱你塞北的雪》。

骑自行车过河去采办年货的人们，在黄昏时分返回，有时候也会遇到簌簌的落雪。那雪，是急着赶路，不管不顾地下，也不飞舞，以最快的速度落地，所以就有了簌簌声。雪地上有吱吱的踏雪声，帽子上、肩头上也一堆落雪，那种“风雪夜归人”的感觉会特别强烈一些。

大年三十的一大早，往往又会飘雪了。这个日子，一般会是那种清清小雪。清扬的小雪，冷冷清清，不疾不徐，有一搭无一搭，一阵小清雪过后，地上并无太多的痕迹，倒是人在雪中走，会平添几许落寞。炉膛的火正是酣畅时,柴火烧到最好时是火红火红的。炉子上搪瓷缸子里是咕嘟咕嘟地冒着热气的糨糊,白面做的。

写好的春联铺在炕上,用了一年的刷帚已经秃了,用它来刷糨糊正好。大门很高,要提前把板凳摆好,刷好糨糊的春联,需要一个跑得快的人快速奔跑到大门口,迅速地贴上。跑慢了,还没等到门口,糨糊就已经冻上了。拿起春联撒腿就跑的情景,成了春节最难忘的记忆。

灯笼杆早早就立好了。选红松小杆,细长的,两根或者三根接在一起,接口处用铁丝绑得紧紧的,树立在院落里。谁家的灯笼杆高,谁家的日子就更红火。所以大家都拼了命地加高自己家的灯笼杆。

年三十下午的饭,记忆中炸花生米特别香,还有煎的带鱼。别的都不记得。还有一个菜,也是过年才能见到的,就是葱爆肉。北方的冬天没有什么青菜,过年可以奢侈一点多用点大葱炒肉,记忆中那葱特别好吃。

吃过饭,暮色渐渐袭来,天空开始变得深蓝,要点灯了。解下灯笼杆的绳子,把它慢慢顺下来,将点燃的蜡烛放进去,坐牢坐稳,再徐徐升上去。家家户户,都在这个时间,完成这样的操作。白雪红灯的年,就这样来了。

最初的灯笼是纸糊的,里面坐着蜡烛。大风一吹,蜡烛倒了,灯笼烧了也不稀罕。赶紧再糊一个。但这事往往就意味着不太吉利。而且后半夜自行就燃没了,灭了。于是村庄就陷入一片夜的沉寂中。后来有了用电的,那灯笼就格外地亮,第二天清晨的深蓝色里,那家家的灯笼也都亮着,村庄还没醒来,不时有几声鸡啼或者犬吠,那一刻的景色也是最迷人的。最配这景致的,自然还是清清小雪。

大年初一的天,一般是晌晴晌晴的。好像有春的气息了。一帮孩子吃了饺子，就在门口的街道上玩，一帮一帮的。那时候家家都有好几个孩子，一堆一堆凑在一起，都是弟弟妹妹哥哥姐姐，年龄相差也不大，她哥和他姐同学，他弟和你妹一个班，大家都是圈亲戚。中午阳光好的时候，房檐子开始滴答水，屋顶的雪在一点点化，顺着油毡纸往下淌，一边淌还一边结冰，就成了房檐子上挂着的冰溜子。

大家都穿着新衣服新鞋子。女孩子头上扎着头翎子，红的，粉的，绿的，非常好看，脸上好像会涂一点胭脂。那时候，过年会到大百货去买雪花膏、蛤蜊油、胭脂红。男孩子的帽子上会有一颗红红的五角星，戴起来很英俊。他们会玩一种叫摔炮的东西，使劲一摔，会响，也会有哑炮，不响。他们会把一整挂的小鞭拆开，一个一个地放，乐此不疲。

记忆中，正月十五一定是有一场大雪的，把什么事儿都给搅黄了。比如，一场秧歌大赛。说好的正月十五那天晚上要在政府大院里会师。好几家单位的秧歌队都要在同一时间聚集在那里，大家一起舞起来，拿出看家的本事。可结果往往是，一场大雪就搅黄了。不过大人们会说，正月十五雪打灯。晚上六七点钟，雪就疯了一样猛下，铺天盖地的，那就相当过瘾了。伴着风，漫天飞舞，整个世界混沌一起，啥啥都分不清了。到了后半夜，这雪就停了，月亮出来了。隔着窗子看，非常明亮，夜寂静而清冷。

如果没有雪，正月十五的晚上，一般会去大河滚冰。不知道是什么时候开始的这种说法，正月十五去滚冰，滚掉一身晦气，自然要滚来一身好运气。汤旺河冰冻三尺，冰雪覆盖，穿着厚厚的大衣，往上面一躺，开始打滚。滚来滚去，滚得越多越好吧，那就不停地滚，咯咯地笑。

远处万家灯火，红灯高挂，湛蓝的天幕，有几颗星星特别亮。

我在汤旺河南岸看北岸的对青山，就是一片红灯笼连成的海。

那时候,住户还很多呢。

若干年后曾去过雪乡,也是白雪红灯,但那是人造的景观,美是挺美,却总觉得怪怪的。到底不是地道的家乡味道。故乡在我眼里是,土坯房错落有致地卧在山坳里,白天是安详舒适的,夜晚是温暖恬静的。而那些大年三十晚上一直亮到正月十五的红灯,不仅点亮了小山村一年的期盼和温馨,还总是会让我想起一些温暖的故事,温暖的人和幸福的生活。

网上北方人过大年的视频很搞笑,却很真实。那时我们对年充满敬畏,有极强的仪式感。

从一进腊月的杀年猪开始,家家户户开始准备过年。给小孩子扯布做衣服,成衣铺的活开始堆成山,去晚了人家就不接活了。巧手的母亲会自己做,毕竟成衣铺还是要几块钱工钱的。买年货,包括冻梨冻柿子,雪糕也要来一箱,烟酒糖茶不能少。烀豆馅蒸豆包,蒸馒头,我会帮着发面,放在热炕头,盖上大被。新报纸糊墙,拆洗被子,收拾下屋棚子。清理院子里的积雪。家家户户,无论穷富,都在认真地准备着过年,尽可能地让年过得隆重一些。女人们除尘,准备过年的嚼谷,男人们上山砍树,准备灯笼杆。大人孩子对过年都充满向往和期待。

那些清清小雪,漫天大雪,簌簌落雪,晴空飞雪,也伴随着山里人,撕下一张张日历,走过一个个年头,一次又一次地辞旧、迎新。

冰天雪地的大北国,山窝窝雪窝窝,白雪红灯,那是我们的年。

又是一年辞旧迎新时,不知故乡是否红灯白雪依旧?红灯白雪下的少年散落在他乡,是否别来无恙?

2018 年 2 月

爆竹声中一岁除

我对春联的记忆还有一样东西忘不了，在东北，贴春联的时候，是要贴挂旗的。在横联的下端里侧，一般贴三张，和横联的长短相符。三张挂旗，红黄蓝绿皆可。挂旗是刻板刻的，卖的时候，一叠一叠的，有那种油光纸的，就贵一些，不同颜色的拣上几张，数量也是提前在心里暗算了好了的。也有一些普通的彩纸，这个时候，我会特别注意，不要买那边上带着白头的挂旗。挂旗的图案有点类似于窗花，但比窗花拙朴。不知道挂旗的风俗是怎么一回事，估计和满族有关。虽然我们不是满族，但满族人颇多居住在东北，家家户户贴挂旗也就不足为怪。

小时候好像没有春联卖，都是自己写，或者是托人写。我妈字不咋地，还挺敢写的。她写对联，我就很遭罪。往往都是年三十一大早了，她还没词呢。就派我出去，前街后街地去看。看人家的春联都写的什么，告诉她，她再写。于是我就一趟一趟地往外跑。也许你会说，拿支笔记下来不就行了，那是你不知道大东北的严寒。手能伸出来吗？除非你是不想过年了。

“吉祥人家春常在，书香门第庆有余”“天增岁月人增寿，春满人间福满门”，我那时记了很多对联。后来养成一个习惯，一看到人家门口贴的对联，就注意人家写的什么。这习惯着实让我受益。

买年画也是一件遭罪的活。昏暗的书店，一年到头没个人，一进腊月，就开始热闹了。年画都在天棚上吊着，角上贴着号，你想买哪一张，记住了号，然后到高高的柜台前，找那个眼睛有点斜的从来不笑的胖女人，让她给你拿便是。那个柜台很高，我够不到，从下往上看她，只能看见她的下巴颏。有时候你明明记住了号，好不容易挤进去了，高高的柜台里的那个女人会扔出来一句话，这个没有了，还要回去重新选，这会让你很沮丧。

买年画我姥姥是比较讲究的。她会告诉我什么样图案的不能买。例如要买大胖小子，不要买传说中的人物例如什么白蛇许仙之类的。至于什么老虎啊都不能买。喜鹊可以，仙鹤也行。最好的年画是吉庆有余，画面是两个大胖小子，捧着一条大红鲤鱼。那胖孩子的脚趾头都圆圆的，跟个豆似的。

话说这些活都由我来干。买好了画，卷起来，回到家，会放在镜子后面。镜子是挂在墙上的，有一个斜度，后面正好放东西。等墙上糊好了报纸，到了腊月二十七八，就要把年画贴上。年画一贴，年的喜庆就出来了。那时候就掰着指头算计着，还有几天才过年。

孩子对年的期盼，跟新衣服、糖果、好吃的有关。跟寥寥无几的压岁钱有关。这些期盼，如今都已经随着乡村的炊烟一起消失了。

春节扭秧歌，我也是参与过的。我母亲单位是街道办事处，年年组织秧歌，一进腊月就要招兵买马练秧歌。招一些街道上的妇女，还有像我们这样的家属。也不是随便什么人都能行，最主要的是，去扭秧歌，会有一点收入。办事处院子里锣鼓一响，我们就去练秧歌了。多半是有队长带着走圈。队长是一个中老年妇女和一个中年男人。扭起来相当活泛，动作幅度大，不嫌磕碜。然后办事处会有主管,在后面跟着队伍吆喝着让大家认真练习。练过几次,就开始发绸子、头花、彩色的衣服。那衣服很肥大,我们通常套在大棉裤大棉袄的外面。头花就是用铁丝葳成一个造型,然后叠一些五颜六色的纸花插在上面,还有金色的蝴蝶。蝴蝶用颤颤巍巍的铁丝支起来,两个对开,相当漂亮。巧手的人花冠会非常好看,我们的不行,凑合用就是。

去扭秧歌也是辛苦活,要走出去很远。初一一大早就到办事处院里集合。然后出发,第一站是政府大门口,去政府拜年。围观的群众会喊,办事处的秧歌来了。于是闪开一条道,众人鱼贯而入,开始扭。政府机关要留着值班的人放鞭炮,一顿放。接着我们就一个一个单位地走。一般大的单位都要走一趟。到人家院子里或者人家大门口走一走,扭一扭,就是拜年,除了赢得一些鞭炮声,估计领队的,也能混盒烟什么的。偏偏那时候有个细木工板厂,在老远老远的地方。秧歌队要走过去,一路走。走到了,扭几圈,再走回来,基本肚子就饿得瘪瘪的了。于是散了,晚上继续。天一擦黑,又得到办事处集合。这时候,手里就要托着纸糊的花灯了。

要是哪一年参加秧歌队,会有二三十元的收入。时间应该是在20世纪80年代末。现在说来,这叫社会实践,那时候其实真是想赚钱。

大年三十晚上是不扭秧歌的。很奇怪。在东北老家,大年三十晚上给我的印象就是“月黑风高夜”。吃完了下午饭,哪都不能去。就在炕上睡觉。小孩子哪能睡得着!但总之父母要叮嘱你,哪都不能去。尤其到了八九点钟,外面黑乎乎的,更是连房门都不敢出。据说,神仙鬼怪都下凡来。快到十二点了,要赶紧起来换新衣服、洗脸、梳头,弄得利利索索的,然后到门外去,抱一抱柴火进屋来。柴火垛有点远,在院子的角落。外面的风真凛冽,快走几步,抱了就往回跑。堆在炉膛旁,这就是抱“财”回家了。那些年的月黑风高夜,年年三十晚上抱柴回家。人对财富的渴望,就是这样幼稚和朴素。不在行动上付出,而在意念上体现。抱柴回家,只有国富民强才能实现,幸福是要靠奋斗才能实现。

过完大年三十就长了一岁。那都是些一字打头的美好年华。三十余年走过,多少“爆竹声里一岁除”啊。今夜,还是要换上一双“踩小人”的红袜子,走过平安夜,走过健康年,当年“抱柴回家”的祈愿,就是今天的现世安稳,衣食无忧,孩子成人,老人康健。

愿我们的奋斗都能换来这样的美好。

2018 年 2 月

北国大酱也芬芳

读迟子建的散文，她提到“食物是有灵魂的”。想到这种“灵魂”，我不由自主地想到了大酱，北方的大酱。

记忆中，姥姥家的院子里，总会有一个酱缸，缸底下用几块砖垫起来。那上面，晴天的时候，用一块密实的纱布蒙着，纱布的低端拴着螺丝疙瘩做的坠儿。有时候，蒙着缸的纱布面上，还会缝一块剪成了葫芦形状的红布。

高寒地带的林区人家，下一缸好大酱，绝对是一件大事。它关系到来年夏天茄子下来的时候，酱茄子是否好吃，也关系到山野菜啊大葱啊香菜啊生菜啊这些蘸酱菜是否味道纯正。在蔬菜极其缺乏的高寒地带，每年短短的有绿色蔬菜可以食用的夏季，大酱绝对是重头戏。

做大酱不说“做”而说是“下”，我百思不得其解。我们的语言习惯是在一锅沸水里放进面条，也会说“下”面条。按照这个意思推测，有居高临下的意思，也有在液体里投放固体的意思。

有人说下大酱是技术活，家家都有酱缸，一家一个味儿。我却总觉得是手气的问题，抑或说是人品的问题。慈眉善目的老太太，下的大酱味道总不会错。

我姥姥家的大酱，是我童年时候唯一能吃的大酱。对，别人家的大酱，我是一口不会吃的。

她酱缸里的大酱金黄，泛着淡淡的咸丝丝的香，隐约的没有完全捣碎的黄豆瓣，在酱杵子一上一下的翻倒中繁华而出。盛到碗里，不用油和鸡蛋炒过的，我们叫生大酱，那才是地道的大酱味。即使在酱碗里放上几天，也新鲜如昨，不像有些人家的酱碗，黑乎乎的。

能下好吃的大酱，讲究是很多的。

一进入冬季，就开始烀豆子，做酱块子。泡好的黄豆，放在八印的大锅里煮开，然后慢火咕嘟。厨房里都是蒸汽，里屋的炕滚热滚热的，坐不了人。往往是一下午的时间，锅里的水快干了的时候，豆子就烀好了。这时候要赶紧盛在大盆里，因为要倒出锅来做晚饭。一家人，一口大锅，做完了饭再做菜。

我负责把烀好的豆子用勺子背碾碎，压面。这活不轻快，不过可以趁机吃几口，那黄豆烀熟了，吃起来面面的，不怎么好吃。就这样连续要烀几个下午，下大酱的材料就准备齐了。然后把碾好的豆子整形，长方体，压实，使劲摔使劲摔，结结实实的。用报纸包好，一层又一层。放在高处，一般是立柜上面，并排放着。一整个冬天你都不用管它。

待到春暖花开的时节，把酱块子取下来。打开报纸，那上面是一层一层的霉点，有的长了绿毛，毛茸茸的。这时候，需要用刷子刷。那酱块子经过一个冬天的发酵，外面已经坚硬。刷起来也不费事，但是一定要刷干净，这关系到之后大酱的味道。我就尝过有些人家的大酱，一股子霉味。

我姥姥做事那是非常讲究的。刷一遍又一遍，直到她确信没有问题了才罢休。

下大酱也不难，这些都没有啥技术，认真仔细就成。后面的程序我不太清楚，我猜大概是酱缸里放上凉开水，按照比例放上大粒子盐，然后把酱块子掰开弄碎，下到酱缸里去。但是谁来掰开谁来下，有点神秘感，好像一经换手，就铁定的败局一般。是不是还会选个黄道吉日，我记不得了。总之，这些关键环节，须得姥姥亲自动手不可。

每天早中晚三次打酱缸。就是用一个木制的酱杵子，上上下下的翻倒，翻倒上来的沫沫，要用勺子撇出来，倒掉，撇出来的黑沫沫越多，酱的味道就越纯正。所以，每天三次打酱缸，这是勤快人干的活，谁家的大酱不好吃，一个字，懒！

我姥姥天天做饭，喂鸡，地里劳作，天天还得想着打酱缸。早晨早早起来，你就会看到她在院子里打酱缸的身影，兴安岭的早晨必定是云雾缭绕的，像仙境一般。日落黄昏的时候，你还能看到她一下一下打酱缸的背影，那时天已微热，地里的庄稼散发出成熟前的独有的味道。酱缸的旁边，放一个凳子，凳子上是一个饭碗，打一会，就用勺子撇一点。就这样，不停地翻倒着，她的酱没有任何怪味，视觉上的干净和嗅觉上的酱香，让你不由自主地期待大酱上桌的日子。

除了打酱缸，还有一样需要特别注意。那就是天气。如果晴空万里，必须要拿下铁皮做的罩，露出蒙着纱布透气的酱缸蒙子，风吹日晒才好。姥姥别出心裁地用红布葫芦，寓意酱要好好发，发好了才好吃。

北方的天说变就变，一会云来了，雨随着来了。在雨没下之前，要赶紧把酱缸罩上。进了雨水的酱缸，会长蛆的。有的懒人家，看天色不好，一罩罩一天，结果，一天没下雨，得，酱缸捂着了，正在发酵的酱没有风吹没有日晒，发不起来不说，那味道也没法吃！要是赶上连雨天，姥姥也会忧心忡忡，不时地看天，不时地念叨着她的大酱。

小兴安岭的六月，土豆花开了，有白的，有淡紫的。园子里的小葱轻轻翠翠，盈盈可人。一碟香喷喷的黄灿灿的大酱，足月的大酱，发好了，稠稠的。它隆重登场了！

北方寒冷，北方人口味重，菜里的盐分重。大酱还是爆锅最好的佐料，现在的高级酱油也比不了。油锅嘭开的酱香，满屋子都是，满院子都是。那种北方人家的烟火气息，全靠大酱来点燃。

因为健康考虑，也因为再无此等好酱，我基本与酱绝缘了。这许多年来，口味越来越清淡，索然无味的时候，突然就会想到某个日落的黄昏，那院子里一上一下翻倒着酱缸的姥姥的身影，还有一条摇着尾巴名叫"虎子"的大黄狗。

2018 年 9 月 8 日

怀念老涤，悼念青春

国庆回乡前，还和老姜叨叨，说这次回去，一定要去看看王老师。老姜的意思却相反，他说王老师身体不好，不易激动，最好不要去打扰老师。此言在理，因为王老师多年前就得了脑血栓，身体状态一直不好，此刻最好的关心，也许真的就是不打扰吧。

昨天早晨，在去上课的路上，看到同学群里的消息，王老师已经仙逝，大概是四五天以前。正是我从老家返回烟台那几天的事儿。

群里潜伏的同学都冒出水面，表达“老师一路走好”的哀悼。对于这些同学，能有一个老师让他们如此表达，就是对这个老师的最高褒奖。不是他们不长心，是值得我们怀念的老师太少，太少。

一个老师好不好，值不值得学生怀念，我认为须得等学生成年之后才能辨别。我们中专毕业二十多年，我想，没人念叨过他。倒是近几年来同学聚会，常常会提及，前几年还有过邀请他和我们一起喝酒唱歌的场面。

他是我念师范时候的班主任，王涤非老师。他有一个外号，是我那些放肆不羁的男同学起的，叫“老涤”，有时也叫“王老涤”。

那些男同学真爱起外号，几乎所有的老师，他们都能重新定义和命名,实在没特征,名字中的某个字都不会放过。也不是恶意,但善意也不多。好像那些年少轻狂的人,尤其是对男老师,有一种天然的敌意,记得他们给我们的音乐老师起名叫"老狼",那时候那个唱歌的老狼还没有声名鹊起呢,我们的音乐老师就被他们叫开了。据说是因为他总是给女生视唱打分很高,故此被男生命名"老狼"。

老涤已去,二十年前的记忆也大都模模糊糊。同学们都以为我会很悲伤,因为我是老师当年最赏识的一个。宏伟说让老姜好好安慰我。其实,真的很难说悲伤,人总是要走的。年逾不惑的我,对此已经能够承受,不说这些虚伪的话,也不会去扩大这种感怀大于悲伤的心境。

最近一两年,我倒是常常想起老涤的种种好。我以现在的心境去揣度那时的人和事,我觉得,老涤当年被选中当了我们的班主任,一定是因为他是整个金山屯区最优秀的语文老师,有丰富的经验,而且他有满腔的热忱。想起那些往事,这些评价都不为过。

普师班,1987 年 9 月,十六七岁的我们,四十几个,从四面八方聚到一起。他当我们的班主任,也是《文选与写作》的授课教师。

他穿列宁装,四个兜的那种。头顶没几根头发,使劲抿着,地区支援中央。牙齿稀疏,脸膛白里透红。说话字正腔圆,朗读非常有感染力。我至今记得他朗读郑振铎的《海燕》,把我给读哭了。斯时,我正处于离家几十里地想家想得不行的状态。

接下来他就让我们写作文。我写了一篇思乡之作。老师飘逸潇洒的字体在我的本子上留下诗一样的批语,有人拿过我的本子然后怪声怪气地朗读,收获一片哄笑。

那一群男生,到今天为止,我都只有一个词形容他们:年少轻狂。现在,他们不年少了,但是还是轻狂如昨。更何况当年!就像我们年少的时候,疯狂自负,嫌弃母亲的土父亲的笨,自以为很了不起,以为世界都是我们的,不把老师放在眼里。直到我们也老了,才发现当年的他们,是那么值得尊重。

在1987年年末,或许是1988年年初,我们班参加了金山屯区团委组织的一个合唱活动。我模模糊糊地记得,我们唱的是音乐老师"老狼"原创歌曲《美丽的金山》和另一首歌,老涤进行了朗诵,而且是他自己创作的朗诵词。歌曲许多同学都不记得了,但老涤的几句朗诵词,成了我们每次聚会都要演绎一下的名句。老涤写道:"用兴安岭的红松做笔,也写不尽我们的豪情;用汤旺河水做墨,也抒不完我们师生的情谊。"记得当时,他是和政治老师男女搭配朗诵的。他们朗诵完毕,我们就接着开始唱"站在巍巍西山之巅,俯瞰郁郁汤旺河畔,红松绿水环抱,楼房林立街道平宽,东方红大桥飞架南北,多么美丽多么壮观。啊,这就是我可爱的家乡,美丽的金山!"

十六七岁,正是最灿烂的花季。我们穿深蓝色镶白牙的运动服,整齐划一地站成几排,"老狼"指挥我们唱。最前排中间是老涤和叫晋英的政治老师。

他接我们这个班,当时心气是极盛的。"五四"青年节,带我们爬西山,组织我们去苗圃劳动勤工俭学,赚了钱又带我们去鹤岗松鹤公园郊游。中秋节的晚上,他让食堂给我们做了好饭好菜,陪我们十几个外地的学生在食堂吃了一顿团圆饭。记得后来回到宿舍,有女生舍友还笑话老涤,用馒头把菜汤都沾着吃了!他会打排球,男生不带我们,他有时候就陪我们女生打上一场。我还记得他的姿势,好像有点微微翘着兰花指。

无疑,做语文老师,他是称职并且非常优秀的,可惜那时候我们都不以学识论英雄,我们啥都不懂!作为班主任,他是负责的。他想了许多办法也争取了许多机会,让我们这些学生能接受更多的锻炼。可惜我们这些不知道天高地厚的人,不知道给老师惹了多少麻烦。

老涤是个文人，是个老实人。一辈子都很谨慎，不招灾不惹祸，只做学问，维持温饱而已。但他有过一次非常辉煌的壮举，也和我们有关。

那时候，有校外的社会青年常来宿舍骚扰男同学，敲诈勒索。好像当时事情闹得挺大，报警了。于是公安局来了两个年轻的警察。同学们正在据理力争，老涤赶到，不明真相，一心要保护同学们。那警察把一个玩具枪使劲摔在地上，指着老涤就质问："你看看，这是什么？"意思是学生私藏凶器。老涤激动万分，以为警察拿出了自己的枪，上前一步，挺起胸脯，大声回敬到："这是人民的枪！"场面甚是紧张激烈。但据同学们说，老涤当时一扫柔弱样，相当勇敢无畏挺身而出保护同学们。这一幕，每当同学聚会时候，总会被某男同学再次演绎，一阵大笑之后，大家也都是五味杂陈。

不知道是什么原因，大概第三年，也许是第二年，老涤就不给我们当班主任了，也没有再任课。

如果说那几年，我学到一点点东西，感受过集体生活的美好的话，应该都是老涤给的。后来，我们这一群人，个性张扬，自由散漫，不服天不服地的状态，老师们也懒得理我们，就任由我们发展，不惹大祸就阿弥陀佛了。谁对你负责，谁是真心对你好的人，当你长大了，懂事了，你也就明了了。那些懵懂的少年，那些轻狂的少年，总有一天，你会懂。但很多时候，当你懂了，也就晚了。

我是一个把所有读书的学校都"混没了"的人。从小学，到初中，到中专，我念过书的学校，如今都没了。细细数数教过我的老师，让我感念感激的也不是很多，老涤算一个。

我为我从没有向他表达过内心的尊敬而惭愧。我向在那个温饱问题尚存的年代还能以真挚的热情去关怀学生、以饱满的文学激情去感染学生的师者致敬！

怀念老涤，悼念青春。

2018 年 10 月 15 日

那些年，我受过多少『愚弄』

上课的路上，吃着朋友亲手做的巧果，聊起七夕。

七夕是乞巧节，女孩子面对织女星求取智巧，是多么美丽的心愿。我以前对做巧果这个风俗不太了解。七夕的记忆，是夜深人静在黄瓜架下听牛郎织女说悄悄话的等待。姥姥说，七夕的夜晚，牛郎织女要相会，在黄瓜架下仔细听，就可以听到他们的悄悄话。当然，前提条件必须是一个诚实的孩子才可以。

为了听到天上牛郎织女的悄悄话，要忍着一年都不能说谎话。可能也许大概什么时候就不经意说过吧，这一年的七夕，不对，哪一年的七夕，我也没有听过他俩说过什么。失望之余，一定是反省自己了。总之，听不到很懊恼，告诉自己明年一定不要再说谎。现在想想，姥姥这不就是《皇帝的新装》里的骗子吗？

于是又想起她的许多“骗术”来。

家里炖了一只老母鸡。我正准备朝鸡头下手呢，筷子被她一扒拉，她说，小孩子不能吃鸡头，吃了鸡头，等结婚的时候会下雨。就这句话，我一辈子没吃过鸡头。

姥爷的下酒菜里，会有烀熟的猪尾巴，一截一截的。他夹了一段给我,姥姥立马说:“别给她吃,小孩子吃了这个,不敢走夜路。”“为啥呀?”我失望地问。

“吃了猪尾巴,走夜路的时候会害怕,总觉得后面有人跟着你。”嗨,这都哪跟哪啊!她这逻辑,导致我现在活到快五十了,从没有吃过一次猪尾巴,谁信呢!

细细数数那些年,我受了她多少“愚弄”。

院子里拴着晒衣绳,挂着衣服裤子一大堆。小孩子疯闹躲猫猫,在下面钻来钻去,她大声吆喝我:“别钻,不要在裤子底下钻过来钻过去,弄一身晦气。”我一脸茫然,不敢再钻了。

写过用完的作业本子随意地丢在炕上椅子上,一不小心让谁一屁股坐上去了,她恼了。接着又开始叨叨:写着你自己名字的东西,可不能让人家坐在屁股底下,你的名字那是要高贵着的,要高高地放着,包括你的帽子,可不敢随便扔。

这说法导致的结果是,后来和哪个小朋友闹掰了,我就直接找张纸,多写几遍他的名字,然后丢在厕所里。

我姥姥大字不认识几个,就是说道多,啥都有讲究。我受其“愚弄”很多年。

于是在童年时代,学会反省,懂得诚实;长大后,有禁忌,有敬畏之心。这不能不说是她的功劳。

现在的家长,还会不会这样“愚弄”自己的孩子呢?

2018年8月17日

宿书记和他的幸福生活

去年冬天，宿书记在同学群里发了一张照片，是小兴安岭深处的林场所雪后的景色：低矮的民房，板杖子，房子上的厚厚的积雪和烟囱，地上也是积雪，一条大狗跑向远处。照片颜色清冷，好像是下午光线不是很足的情况下拍的。就是这张照片，让我突然发现，他竟怀揣一颗诗心。

宿书记是党支部书记，最基层的那种。他工作的林场所在小兴安岭深处，金山屯区（据说马上要改名了）丰林林场。那里，还有百十户人家。林场职工有十几人吧，主要工作任务是育林和防火。

宿书记就是这里的人。生于斯长于斯，十六岁的时候出去学习了四年，毕业后，又回到了这里。那是 1991 年的事儿。宿书记读的是师范，回到村庄自然是教书育人。宿书记当了八年的人民教师。村庄里大大小小的孩子，基本上都当过他的学生。1999 年，多才多艺能言善辩的宿老师成为共青团干部。他离开了教师的岗位，却依然没有离开这个村庄。再后来他通过公选，由团干部，到如今担任党的书记。快五十年了，他就在这同一片土地上摸爬滚打，用脚步丈量着这里的每一寸土地，用目光清点着这里的每一棵草木。村庄里的每一户人家，生老病死，婚丧嫁娶，他都了如指掌并且亲自参与主持。那些当年教过的学生都已经长大成家，他们有的落户外地，在外乡发展，当他们携妻伴夫回村庄举行婚礼，当年的宿老师如今的宿书记总是要作为证婚人出席，那时他常年被山野的风吹过的脸就会更红一些，还泛着幸福的光芒。

宿书记头天晚上连夜下山和我们一帮喝了一顿大酒，兴奋地和我唱《飞吧，鸽子》。早晨，他早早来金山宾馆接我，去看他的林场。这种邀请，有点显摆的意思。他着急赶路，把一辆破旧的面包车开得飞快，在小兴安岭腹地，车不多，路况也还好，但那种一路狂飙也是挺吓人的。他一边开车一边跟我说，你看你看，这风景多美。那语气里的炫耀和自豪，挡都挡不住。是啊，此刻正是五花山季节，群山披着彩衣，蓝天高旷，疏云淡淡。可这话要是我说倒罢了，难得他一辈子在这里生活，还看不够，还能觉得美！

国庆期间，林区正是护林防火最关键的时候。宿书记可不敢玩忽职守。他把我送到林场唯一的一个小饭店，嘱咐店主为我煮面条之后，就匆匆去场部部署当天的防火工作了。看着他远去的身影，我不由得感慨，我们班的“老柱子”同学，成了这里的“山大王”，却是一副林场老工人的装束，迷彩服也迷迷糊糊的，一点也不迷彩，就是个劳碌样儿，就是个随时准备战斗冲到最前线阵地的样儿。

这不是什么饭店，就是山里人家，弄个小屋，偶尔招待一下客人的地方。做饭的当然也是山里的女人。和这个女人闲聊，说起宿书记种种的好。这我倒不吃惊，这个宿书记是山里长大的孩子，淳朴、善良、厚道、直爽那都是“胎记”，一辈子没不了。但是，以他独挑大梁，承担一个林场的党务工作和民生大事还能受到这样的称赞，我确实没想到。听女人介绍，宿书记一心想帮村民致富，不是种木耳段，就是搞蓝靛果。不管引进什么项目，宿书记总是第一个实验，带着老婆孩子齐上阵,吃了很多苦。他给村民趟路,实打实地带着村民一起致富奔小康。这对于宿书记和大山里的村民来说,很不容易。老天爷没有给这个书记一个天时地利的好村庄,既不能拆迁占地,也不可能引进什么投资项目。就是这么个闭塞的偏远的一年有半年处于白雪皑皑的小村庄,宿书记和他的村民艰难地走在“奔小康”的路上。

宿书记和我同龄。一辈子在山里,脸上明显是凛冽山风长久地吹拂的痕迹。他个子不高,有几颗牙好像也不在了,说话漏风,但不影响唱歌。他是同学中最务实的一个,成就说不上大,但在我看来,他应该算是最幸福的一个。

这个幸福,我给他总结一下。

第一,他能一辈子守着一个地方。老守田园,到底是幸还是不幸,这个命题,其实无须考证,许多在外颠沛流离的人心里都明镜似的。说什么“没有比脚更长的路,没有比人更高的峰”,可是,用脚丈量着生你养你的土地,一圈一圈地丈量,一年四季地丈量,你就站在了乡亲们用人心堆成的山峰上,走得远不远?站得高不高?在丰林林场,宿书记有多少故事在流传,宿书记受到多少人的夸赞,不亲自去看看,谁能感受到一个最基层的党的书记的荣耀呢?

第二,宿书记有一个优秀的儿子。宿书记说到儿子的时候,总是带着一副“不咋地”的神情。嫌儿子高考六百多分丢人,当我们一竿子同学为孩子能考过一本线欢天喜地的时候,宿书记那个郁闷啊,说儿子没考好,考砸了,最后不得不报考天津医科大学。暑假儿子回到家,在林场乖乖地干了一个多月的活。宿书记还训人家:你现在吃点苦怕什么,这都是你的财富!

第三,宿书记家有两个老母亲,住一个炕上。一个是自家妈妈,一个是老岳母。俩老太太都八十多岁了,住一铺炕上。还天天吵嘴，一个看不惯另一个，乐子事儿三天三夜也说不完。宿书记不偏不倚，没事就给她俩断官司，真乃十足的天伦之乐。

第四，宿书记家里养蜜蜂。说起为什么不再弄木耳段而开发了这个新项目，宿书记告诉我，养木耳段有一个最大的弊端，身处大山里，废弃了的木耳菌包装袋根本无法处理，会造成很严重的环境污染。宿书记看着那些破破烂烂堆放着的或者扔得到处都是塑料袋，看着美丽山川和河流中星星点点的白色垃圾，觉得再也不能干这个营生了，不管能带给自己多少效益。

宿书记说，伊春这种资源城市，已经在奉献的年代奉献了全部。现在所能做到的，就是休养生息，生态优先。作为党的基层领导，他充分领会习近平总书记讲话精神，并且转化为实践行动。他说："我是个小人物，我决定不了大局，但是我自己、包括我所供职服务的林场所，决不能走'先污染后治理'的老路，决不能走'守着绿水青山苦熬'的穷路，决不能走'以牺牲生态环境为代价换取一时一地经济增长'的歪路，要坚定不移走生态优先、绿色发展的新路。"宿书记认真的样子特别可爱，我觉得那是掏心窝子的话，特真诚。

我去的不是时候，看不到宿书记养的蜜蜂搅蜜的场面。不过据宿书记介绍，他养了十几箱蜜蜂。春来百花盛开的时节，在这大山腹地，那蜜蜂飞进飞出，煞是繁忙。蜜蜂飞舞，勤劳的人和蜜蜂一样，在辛勤地酿造着自己的生活。只有辛勤的酿造，才有幸福才有甜蜜。我问宿书记一年产多少蜜，他说不多，大部分都送给同学朋友了。他说，这市面上，假的太多。他守着大山，当捎养几箱蜜蜂，这大山里头，到处是野花，杂花蜜、椴树蜜都是最好的，那都是天然的。"你们城里人，吃不到我这么好的蜜。"说这句话的时候，他带着鄙视我的意思，仿佛我吃的都是垃圾一样。我说，那明年夏天回来取蜂蜜。他若有所思，好像在考虑他酿的蜜够不够分一样。不管咋地，我明年一定回来取蜂蜜！

宿书记养蜜蜂，这种生活本身就像诗。虽然，这诗不那么好写。想象那样美好的春天吧，宿书记站在他的村庄，看着他的蜜蜂在百花间飞舞，在椴树花上忙碌，翅膀上沾着山野的馈赠。于是，花开得更艳了，植物的生长更旺盛了，小兴安岭的河谷沟壑更美丽了，群山壮美，溪流飞瀑，蜂飞蝶舞。宿书记的笑容，映着兴安岭蓝蓝的天空，煦暖的阳光，那是怎样一个幸福的人儿！

"采得百花成蜜后，为谁辛苦为谁甜"，我同学当中，如论世俗成就，比宿书记高的，有好几个。但如果论内心幸福的话，我觉得宿书记应该在榜首。

宿书记守着他的林场，他的山村，他的蜜蜂，还有他为官也为民的幸福生活。他的诗心，成就了他的诗行，那些写在小兴安岭山川大地上的诗行！

去年送宿书记一本诗集，他说我写诗没有散文写得好，并勉励我早点出散文集。我想，如果真是要出，还是要好好写一写宿书记。这篇肯定不能算数。

2018 年 10 月 15 日

最忆老屋报纸墙

童年时代，在老家对青山，我住的是土屋。土屋里的墙壁和天棚，都是用报纸糊的。

姥爷是有文化的人，在对青山经营所小有名气，他是个瓦匠，八级工。级别很高，工资自然不低。他是母亲的继父，并没有什么血缘关系，而且他一辈子短暂，并没有给活着的人留下什么念想。但我却对他有着很特别的感情。童年识字启蒙，离不开做老师的母亲，更离不开识文断字的姥爷。

不知道他那时是自己订的报纸，还是单位里拿家来看的，总之，读报是他每天的功课。四五岁的我，常坐在他的怀里，他带着老花镜，读一份《人民日报》。他读，我也读。他会指着标题的大字读给我听，我用手指着读，顺着那几个字，一读就是一整套，当然，后面就是自己现编的胡言乱语。但这种游戏，我们俩都乐此不疲，每天上演。那是我最初的阅读。

童年的记忆里，有电灯，但是限电，不是二十四小时供应。屋子里常年烟熏火燎，到了年末岁尾，报纸糊的墙，就会呈现熏黑发黄老旧的状态。进入腊月，忙年。其中，糊墙是一项很重要的事情。用少许白面，凉水拌匀，一个搪瓷小盆，在炉子上咕嘟着，发出好闻的味道。糨糊很快熬好，取积攒着的新报纸若干张，铺在炕上，一个人负责用刷子刷，一个人负责往墙上糊。一张挨着一张，上下缝要对整齐，报纸不能颠倒；有大幅照片的，会显得发黑发暗，要换成字多的。就这样，小半天的时间，墙就糊好了。糊好了的墙，还没有干透，有洇湿的痕迹。隔夜之后，就全好了。那时候，满屋子都透亮，焕然一新。

糊报纸墙，我是最为兴奋的。除了能够参与糊墙，还能读报纸。毕竟，那读了一年的报纸墙，已经没有什么新内容了。哪一段写什么，在哪个位置，心里都清清楚楚，一整年都在看那点东西，背诵也是没有问题的。现在想想，那是报纸，要是唐诗宋词，那该多好！

那些字，我早都熟识了。躺在炕上，身子侧到炕头一边，是报纸墙；正面躺着，顶棚也是报纸；脚底下，还是报纸墙。满屋是字的童年啊，大人给我起个头儿，我就能一捋到底，胡编乱造，都是故事。糊了新的报纸，又有新的内容了。每天闲着没事，就捋着看，然后大声读出来。不认识的字，没关系，长相差不多就顺着读。其实就相当于猜字吧，猜字的准确率自然很高，汉字有那么多的形声字，八九不离十，我都能蒙对。

那时候没人提倡阅读，也没有家长会意识到学龄前要识字，识字的事儿，都等着上学后老师教呢。但我在上学前已经能读报纸了，这不能不归功于姥爷和姥姥家的报纸墙。

二三年级的时候，姥姥家炕上有一本有头没尾的书。不知道是哪里来的。我翻来覆去地读了好多遍，但我并不知道那是一本什么书。就是觉得很好看，也没有什么前后的相连，所以没头没尾也没觉得有什么惦记。因为没有读物，没事就读这个小册子。书上有小团圆媳妇，有二伯，还有冯歪嘴子。只是觉得栩栩如生，为小团圆媳妇的遭遇还难过许久。后来那本书也没了,不知道谁拿走了,还是被扯光了。多年之后,我都毕业当老师了,偶然读书才发现那竟是一本《呼兰河传》!我后期读这本书的时候,当年在炕上翻来覆去看那本小册子的情景历历在目,仿佛故人来。所以,我后来读了无数遍《呼兰河传》,我觉得那是我看到的最好的书。

上小学四五年级时,家里盖了大房子,我就从姥姥家搬回家住,在美溪三小读书。那时候已经有一些读物了。妈妈在学校有报刊费,给我订了《儿童文学》和《少年文艺》。初步接触了课本之外的文学读物,但那些小儿科的东西很快就翻完了,一个月一期根本满足不了读书的需求。

一个寒风呼啸的晚上,我们都躺在热乎乎的炕上快要睡着了。爸爸从外面回来,门一开,一股寒风就跟着钻了进来。他扑扑身上的雪,把一个麻袋翻过来倒在地上。半麻袋的书!我从被窝里钻出来,蹲在地上扒拉着,没穿外衣,也不嫌冷。那些书有《苦菜花》《迎春花》《大刀记》《艳阳天》《暴风骤雨》,还有《三个火枪手》《基督山恩仇记》等等。全是大厚本,沉甸甸的。

我爸爸虽然是工人,却非常爱读书。他没事就看书,看了很多书。我小的时候,他常常给我讲故事,讲什么大克劳斯和小克劳斯的故事。静静的夜晚,躺在被窝里,听他讲很多故事。他的故事,现在想想,还真是时尚,绝对不是什么外祖母讲的那些神啊鬼啊的,那分明是《安徒生童话》《格林童话》!

那半麻袋书,我拣着看,好像没都看完,因为很多,读起来也就不那么急迫。再后来上了初中,功课渐紧,生活条件也越来越好,那个老旧只卖年画的书店,也有了新气象,我也有了更多适合的读物了。从那之后,再没有缺书读,缺的是读书的时间和读书的心境了。

我不是一个读书很多的人,但一直还保持着读书的习惯,身边也一直有书相伴，也许是跟童年读书饥渴有关，也许是从小对文字就有一种先天的热爱吧。但我真的要感谢那个年代，姥爷的报纸，老屋的报纸墙，爸爸的书，给我提供了一个有书读有人陪读的环境。

如今想想，一个孩子读书习惯的养成，难道还有比这个更好的吗？

2017 年 12 月 5 日

一起来唱九九歌

——写于冬至

冬至到了，除了在朋友圈晒饺子，不知道家长还会对孩子讲点什么。

中国的民俗以及由民俗带来的民谣，具有很多浪漫色彩，那是一种中国式的诗意。我们是用童谣唱响我们中华民族传统节日的。

“一九二九不出手，三九四九冰上走，五九六九沿河看柳，七九河开，八九燕来，九九加一九，耕牛遍地走。”这只是其中的一个我所熟悉的版本，是我姥姥坐在东北的火炕上，整天挂在嘴边上的。

小时候我对着她所念叨的民谣，盼到“七九”“八九”，结果，北国冰雪覆盖的大地，哪有什么河开，哪有什么燕来！就有一种被骗的感觉。然而，她每年还是念叨，我也每年依旧期盼。

这个歌谣虽不适合我们的东北雪国，但也算是北方的。南方的九九歌，在北方人看来就更不靠谱了。宋人陆泳在《吴下田家志》里收录了一首：“一九二九，相唤弗出手；三九二十七，犁头吹筚篥；四九三十六，夜眠如露宿；五九四十五，太阳开门户……”到“九九八十一，犁耙一齐出。”

咱们除了用民谣数九，还有更浪漫的方式呢。

九九消寒图,说的是,闺阁女子或文人雅士,用染梅花的方式来数九九。染梅就是逐次涂染一枝有八十一片花瓣的素梅。“日染一瓣,瓣尽而九九出。”前人记载:“冬至后,贴梅花一枝于窗间,佳人晓妆,日以胭脂涂一圈。八十一圈即足,变成杏花,即暖回矣。”美人消寒用胭脂红,一般人则用墨色涂花瓣。有诗为证,“试看图中梅黑黑,自是门外草青青。”

为什么要数九?数的为什么是九?说起来更是充满智慧和神秘色彩。冬至这一天,意味着严寒的到来。对于古人来说,严寒是生死考验。如何度过严寒的危机?掰着指头计算。九为极数,乃最大、最多、最长久的概念。九个九即八十一,更是“最大不过”之数。严寒你来吧,我数你九个九,你还想咋地?所以古人认为,从冬至之日起,数它个九九八十一,春天一定会到来。

这种把极寒天气分割成九个九,一个九一个九地数,实在是非常聪明的。它化解了大困难,一个一个地挨过小困难,和我们今天面对挑战的做法是一样的。中国人骨子里的智慧随处可见。诗歌的国度又让这种数九变成各种游戏、各种版本的歌谣。那数九寒天里,真是充满浓浓的春意!因为每天都在点燃一个希望,因为每天的太阳都是新的!

晓妆女子点素梅,耄耋老人唱儿歌,孩童嬉戏冰雪上,冬至饺子端上桌。中华民族从来不缺少浪漫和童心。不管走过怎样的严冬,我们的传统文化,深深植根在民间,植根于华夏沃土。

冬至了,对您的孩子讲讲这些吧。

2018 年 12 月 25 日

溜窗户缝儿

溜窗户缝儿是要赶在北方深秋来临之前必须完成的活计。其实北方的秋并没有深秋浅秋这一说。农历八月下旬天就凉了,我们总是掰着指头算计着五花山色来临的日子,山们像喝醉了酒,酡颜一天天艳丽起来。就在这个当儿,你一个闪神儿不注意,一场夜雪也许就把这一切任性地毁掉了。那时候,北国大地是纯白得没有杂色的,一白就是小半年。

所以,天一转凉,这溜窗户缝儿的活,就得抓紧。

这活儿像一个仪式,是一个季节终了,另一个季节来临的宣告。在我看来,这是所有活计中最为隆重的。这“溜”字,我曾琢磨过,为啥不用“糊”?糊就是用浆糊贴上罢了,“溜”字则不仅仅是贴上,还有贴得顺溜一点,贴出流水的线条来的意思,或者还有把窗户缝儿塞满的意思,就像如今的瓷砖“美缝”一般。

溜窗户缝儿的第一件事是先要把春天卸下来的二层窗的窗扇从仓房里找出来,把玻璃擦得干干净净,里外锃亮,这窗扇儿是活的,秋天按上,春天卸下。当然,外面的玻璃窗也是要擦干净的。然后弄来干净的散发着木头清香的锯末子填在二层窗户中间,十几厘米高，讲究的人家还会在锯末子上面放上彩纸剪成的拉花作为装饰。一切就绪后，要开始溜窗缝儿了。

灶台上咕嘟咕嘟冒着热气，一个搪瓷盆里有白面煮成的浆糊，散发着好闻的麦香。一个人盘腿坐在炕上，裁一摞粗糙的牛皮纸，裁成一条一条的。另一个人站在地上，炕上铺一张大牛皮纸，把裁好的条铺平，用废弃的刷帚头抹浆糊。那浆糊搅拌不均匀，有时候会有一些细小的疙瘩，刷好后，就用手指肚捻压那疙瘩，抹平。第三个人则进来拿条儿，然后走到外面去溜窗户缝儿。这个活是最后一个环节，技术含量最高，需要心灵手巧才可以。要让窗户缝对着纸条的最中间部位，自上而下，捋平整，接头要少，接头处要尽量吻合，不能七扭八歪。当然，裁纸的人也要很认真，所有的条儿都要一样宽窄。这样糊完了之后，横平竖直，整整齐齐，看起来才舒服。正经过日子人家，这露在外面的营生儿，都是脸面上的事儿。浆糊抹多了抹少了都不行，要是第一次没比量好，糊上了再揭下来返工，往往纸就皱了。这活看着没什么，想做好却也不容易。我就看过有些人家的窗户纸糊得不像样，而往往这户人家，非馋即懒，家里柈子垛一准也是极为松散，胡乱地堆放的。

勤劳的人家，从里到外，都透露着一股子过日子的精气神儿。一垛一垛的柈子，整齐划一，头尾呼应。头，一般是横着放一层竖着放一层，横竖的宽窄一致，高高地垛起来，那横截面就出现了排列整齐的木头的纹理。然后在接着垛柈子，一字排开，打底的时候都用顺溜的，没有疙瘩结子的，这样码得严实，紧凑。一排一排往高起的时候就会很牢固了。这么说来，垛柈子也是技术活，是审美活动。高高的柈子垛，显示出这一家日子的殷实和富足。在两大排柈子垛中间，往往是一扇乌黑的木门。那门也是木头的。两扇对开，木板子拼成的简单的几何图案，三角形或者长方形让简陋的门也有自己的格局,上下分界。当然,有的人家是单扇的门,用铁皮包着,显得厚重一点。

窗户缝儿都封住了,一点风也不会透进来了。但是当严寒来临的时候,屋子里还是不能保持恒温的。滚烫的热炕到了后半夜就开始转凉,睡觉前炉子里压上的大样子缓缓地燃着,到了后半夜火墙的热度也退下去了。北风在窗外嚎叫,坏脾气地咆哮,进不了屋子的恼羞成怒,使得“万籁俱寂”这个词从来就没有出现在北方冬天的字典上。早起的时候,屋子已经凉透。钻出被窝穿衣服实在是遭罪的事儿,那冰冷的裤管袖管,光溜溜的胳臂腿伸进去,扎骨地凉。不过老人已经在生火做饭了,还会一边做饭看着锅一边拿着你的棉袄或者棉裤烤火,然后烤得热乎乎的衣服就会塞进被窝里来,趁热,赶紧穿上。

溜窗户缝儿后来升级了,改钉塑料膜。市场上开始有专门钉窗户用的厚而透明的塑料膜。不知道是谁发明的。买上几米,把很细的小木头方儿裹在里头,四个边都裹好,然后比量着窗户钉上去,这比溜窗户缝儿又多了一层保护膜,屋子里的保温程度自然要好上许多。当然,二层窗和锯末子还是必须要用的。

现在,那些老房子都换了塑钢窗,关上,就严严实实,把严寒挡在外面;打开,阳光和清风就一起进来。

溜窗户缝儿、垛样子垛这样的活计,还有斧头劈样子、地里砍大白菜、灯下削土豆栽子这些活,我都干过。这让我的少年时代充实而丰富。如今想来,更是一笔宝贵的财富。

2018 年 12 月 20 日

我们一起过『六一』

烟台去年中考作文题目是《我们的节日》，当时还担心孩子们会以“六一”为题材，怕写出太小儿科的文字来。今天我却觉得，我们的节日，非“六一”莫属。

昨晚临时起意和小慧老师去吃饭，到了餐厅，发现服务员领班都戴着红领巾服务，又临时起意借了两条拍照。鉴于我们俩年龄相差十岁，我说我来当少先队大队辅导员，而你是少先队的小队长。

说起做少先队辅导员，那可是我的第一个理想。现在人都喜欢说“不忘初心”，那就是我的“初心”了，真是至今不忘。

我小学时候的大队辅导员，叫李东荣，我清晰地记得她的名字和容貌。小矮个，满脸雀斑，可是在“六一”节的入队仪式上，由高年级少先队大队长给她行队礼并佩戴红领巾的一刹那，兴安岭初夏最明媚的阳光全打在她的脸上，她成了全世界最美的女人。从那一刻起，我决定长大了当少先队辅导员。

我那时连中队长都没当上，只是混了个旗手，就是开队会的时候，出旗的那个角色，旁边有两个护旗手。我们班的中队长是李静芳，总在班里考第一。我总考第二。

过“六一”需要穿蓝裤子白衬衫，还有白鞋，然后扎红领巾，走方队，开运动会。跑赛我不行，敲军鼓我也不行。我记得敲军鼓的总是那几个人，年年一到“六一”，她们就美得不行。“六一”前半个月学校就开始训练了。一到下午放学，军鼓队的学生就去训练了，军号队的也走了。校园里各个角落都是敲鼓声、军号声，而我们在教室里写作业。

军鼓没敲成，我一直耿耿于怀，不知道那时候为什么没有进军鼓队。好像有四套鼓谱，学生都记在鼓面上，什么咚咚巴拉巴拉咚咚，我记不住了。尤其让人羡慕的是，军鼓队还穿学校统一的制服，是白色的军装样式，神气得很。

小时候应该借过蓝裤子。因为那时候长得快，年年都做新的蓝裤子，显然是不可能的。头一年的裤子到了第二年，就成吊腿裤子了，所以，就得借邻居家高年级的孩子的，互相借。白鞋脏了，刷完了用粉笔涂一遍，干了一穿，一跺脚，粉笔面子直扑簌。

“六一”如果遇到全民运动会，那就更热闹了。因为全民运动会隔几年举行一次，各个单位学校都要出方队。我们从各自不同的地点，涌向“局里”，就是区中心大广场。我们三小学出的方队，有木质的大牌子，各种造型。记得当时五年级有个大队长，扮演杨开慧，坐在一个造型上，下面是几个人抬着的，灶坑门头，青蓝色的中式盘扣衫，黑裙子，深情庄重，目视前方。我的天呐，那可是当年的女神。全民运动会跟我们的关系不大，但是，全区父老乡亲会全部出动。各种零食小吃都有。“六一”时节的小兴安岭，最稀罕的“水果”是水黄瓜和水萝卜。别的我都不记得了，只记得水萝卜特别好吃。那时候水萝卜算是奢侈品。

有一年三小学三年级定制服装，是橘红色的连衣裙，胸前正中是一个白色的蝴蝶结。正好我在三年级，当时应该是谁定服装谁才能参加方队,好在我们家条件还允许我定做一件裙子,但是也有个别女孩子不能实现这个心愿。那应该是我小时候穿过的最漂亮的衣服了,因为那是第一次私家定制。

昨天在朋友圈看到很多朋友晒的照片,各种饭局或者活动。大家不光晒孩子的“六一”,也晒自己的“六一”。而且我发现,很多年长的人更喜欢过“六一”,要么组织同学聚会,共同缅怀逝去的童年,要么和孩子一起欢度,再次感受童年的美好。那些“老脸”戴上红领巾,空前绝后的美;那些笑容,是从未有过的纯真开怀。每个人的心中,都有自己难忘的“六一”,“六一”是每一个人都难忘的记忆。红领巾是我们都曾经有过的最珍贵的荣誉。

我记得少先队的誓词:“时刻准备着,为共产主义事业而奋斗!”“时刻准备着!”我会唱“中国少年先锋队队歌”——《我们是共产主义接班人》,我会行最标准的队礼;我曾纠结过一句话“我们的红领巾是革命烈士的鲜血染成的”,当时百思不得其解;我们的队旗上有星星火炬。我们的中队旗缺一个三角,做成了红领巾。

每个人都有这样珍贵的记忆,那是我们的童年时代最灿烂的日子。走过贫穷,也走过富有,没有什么比红领巾陪伴的日子,更让我们精神明亮,那些日子里诞生的理想和信念,几乎照耀我们的一生。

2016 年 6 月 1 日

秋天里的那场雪

少小离家，虽不至于老大不回，但职业原因，总是不能亲近故乡的春秋。

2016 年的暑假，我离开学校，成为一个自由职业者。第一件事，就是回故乡看秋色。

兴安岭的秋天太短。去早了，山色还未完全沉醉，总觉得不够酣畅，可你若稍一犹豫，说不定哪天天色一变，一夜入冬。看她最好的秋色，要么提前去等，要么天赐良机，一切都是最好的安排。

我虽获自由身，但琐事多，时间上还是不敢过于奢侈挥霍。根据前方的及时通报，算计好日程，终于在国庆前夕秋色正酣的时节，走进了兴安岭的怀抱。

同行的朋友们都是山东人。多年来听我无数遍讲述小兴安岭的风土人情、自然风貌，早就动了心。我也乐于带她们走进我的故乡，乐于炫耀并证明我从无虚言。于是，浩浩荡荡九人成行。

进入兴安岭腹地，其中的一个朋友问我："哪个是五花山？"我一头雾水，想了半天，哦，原来她误以为我常常描述给她的五花山是一座山的名字。她哪里知道，我们的五花山，指的是小兴安岭所有连绵起伏的山脉!

是的。小兴安岭所有连绵起伏的山脉,到了这个时节,就拥有了一个共同的名字:五花山。

这五花山,说的是漫山遍野的五彩缤纷,枫叶红了,黄栌黄了,白桦林裸露了雪白的枝干,针叶林金针闪烁,青松愈加苍翠了……

这么多的色彩来自兴安岭丰富的植被,山山岭岭那么多有名字没名字的树木,此刻都会把内心的火焰和激情最大限度地释放出来。这些树木,不会在春天和夏天相互媲美,因为兴安岭的春天和夏天,是统一着装的,那就是一望无际的祖母绿。到了秋天,也许是为了弥补那漫长的寒冬给她们带来的单调和乏味吧,大自然给了她们充分的自由,想怎么打扮就怎么打扮,想穿什么颜色就穿什么颜色!五花山,那岂止是五花?漫山遍野的乔木、灌木,漫山遍野的青松翠柏、绿杨白桦,在这个季节里,总是要拿出全部的家当,亮出最后的底牌。

于是,你走进兴安岭,走进五花山,你就走进了油画里,秋风打翻了调色板,连同你一起,被这些颜色给涂抹了,熏染了,融化了,你成了五花山色里的一抹金黄一抹翠绿,或者一片火红。

雪是小兴安岭的常客。冬天它来得理直气壮又霸气十足,不待够了绝对不走。春色正浓时,达子香花开正艳,它也想来就来,说走就走。那春雪之美,与冬日截然不同。它落在红花绿叶上,落在刚冒出的草芽间,落在已经解冻正缓缓流淌的汤旺河里。

在这五花山的时节,秋意浓浓秋风还没好意思萧瑟的时候,一场大雪突降。而且,是趁着夜深人静的时候。

那天晚上,我们住在预定好的汤旺河林业局一家简陋的客栈。伊春当地的同学在汤旺河石林门前的水库拍秋色,航拍器因操作不当跌落山谷,找到后又错过了回市里的车,只好找客栈住下。好笑的是，她一个当地人竟然找不到可以住下的客栈，兴安岭秋色正好的时候，所有客栈全部满员。知道我在汤旺河，打电话说要来和我挤挤。

于是多年前的好友竟有机会又一次挤在一个被窝里畅谈整夜。凌晨四点钟，我昏昏欲睡，她撩开窗帘看天色，准备在天光微熹时出去拍晨光。可是，她看到了雪！她兴奋地尖叫，接着以最快的速度，迅速穿好衣服，整理好装备，连告别的寒暄都省了，我一转身的功夫，她就没影了。

后来我才知道，原来，一个天赐出大片的时机到了。

穷尽你所有的想象吧。五花山色正浓，一场铺天盖地的雪来了。落在山岭，落在树枝，落在那些金碧辉煌、火红灿烂，那些燃烧、跳跃、拼了命都要招摇的旗帜里。而且，这雪一停，是要化掉的。黄叶子上盖着白雪，红叶子上盖着白雪，绿松针上镶着白边儿，金柳枝上缀着毛茸茸的白。那得有多好看！后来在她传过来的片子里，我果然看到因为这雪的介入而拍到的佳作。

为了不耽误行程，赶在中午抵达嘉荫茅兰沟，我们包的车战战兢兢地上路了。其实这雪不滑，温度不到，发黏。但雪越下越大，视线不清，路况不明。好在司机是老司机，多年在这样的公路上行驶，开得很是小心翼翼。车窗外的天地都白了。路两边的大松树伸出的长长的枝干上，缀满了白雪，使得那枝干随风扇动。一棵树，形状还是树的形状，却完全让雪给包裹起来了，那分明是一棵棵雪树。雪的白杨，雪的云杉，雪的樟子松，雪的落叶松。我是辨得清它们的形状的。而她们却不能。她们满眼都是雪的大树，雪的枝干，雪的巨人的站立。

这飘落在秋天里的大雪是此行意外的惊喜。当地的同学都说，这种景象已是多年不遇。看来，这是兴安岭特意犒赏我们一行的，也是我的故乡赏赐给我的。

非常神奇的是，在我们行驶的过程中，大雪渐渐地停了，车速恢复正常后不久，一片艳阳天又呈现在我们面前，而那片路段，根本就没有雪影儿，丝毫都没有。

我们懵懵地，总感觉刚刚走过的路段，见到的风景，是前夜的梦。甚至彼此面面相觑，甚至要揉一揉眼睛，再看看手机拍摄的小视频。可是，一切都证实了，那根本不是梦，那就是真真切切的一场大雪，在我们客居的小站，一个叫汤旺河的小站，曾经铺天盖地、沸沸腾腾地下了那么几个小时。

这是 2016 年的秋天，五花山山色正好的时候，我回故乡，故乡送了我一场大雪。

此后我常常想起那个情景，常常想起秋天里的那场大雪。我总觉得冥冥之中，它暗示了点什么，或者藏着什么我不懂的寓意。

雪最终是无痕的，却是我二十几年在伊春生活的记忆里最不能缺少的风景，它在我心中刻下最深刻的烙印。

没有这场大雪，我也不会在记忆里走失。

2016 年 10 月 25 日

南京纪行

一

因为太重的历史，脚步总会有些迟疑。有太多的地方不敢触碰。即便荡漾在桨声灯影里的秦淮河上，看那岸边的白鸟也是孑然一身，孤立着，像是一种凭吊。

水声悠悠，驶过李香君的家门，荡过乌衣巷，路过桃叶渡口，穿过文源桥。沿河两岸的人家，在这样的寒冬，尽显冷落。灯火是照旧的多，却不因多而显得热闹，它就像这碧河似醒非醒的眼睛，一会清醒着，明眸善睐；一会眯瞪着，昏昏沉沉。或明或暗的一串红灯笼，在远处的半空中悬挂着，却让这景致格外有了一点幽怨的意味。

我们没有七板子可以坐，也不可能自己荡舟于这六朝的金粉熏醉过的河心。一艘半旧的画舫，稀稀落落的几个游人，在这样的冬夜，几盏灯火，两岸的关闭着的冷清的二层小楼里，没有依窗而靠的美人凝望，酒楼里亦无一波一波荡漾的歌声。沉寂，沉寂，悠悠的水声更加清晰了，哗哗，哗哗哗——偶尔，白鹭身影一掠，一切又都消失在哗哗的水声中。

二

坐了地铁抵达中华门站，因为共享单车的便捷，我们一路骑行，气喘吁吁地来到中华门下。仰望这明的城墙，果然巍峨宏伟，气概不凡。如果旌旗猎猎，击鼓声声，那该怎样让热血男儿心潮澎湃，发出震天的吼声——“男儿何不带吴钩，收取关山五十州！”来前查过资料，说这明的城墙之所以固若金汤，跟朱元璋严酷的质量监督体系有关，每一块砖瓦都刻有烧砖窑匠人的名字，以便出了问题追踪责任人。

走过圆拱形的城门，进入城中，我知那城墙里的机关瓮中捉鳖，我也知这城墙即便朱元璋费尽心思，也依然没有能够挡住那场战火。墙砖斑驳记录着历史的沧桑，也见证了烽火的岁月、刻骨的伤痛，让人总忍不住凝望，再凝望，却说不出心中的百种滋味，万千感怀。

江南最繁华富庶之地，遭此劫难，想必也是上帝的安排。不是朝代更迭的战乱，就是异族铁蹄的践踏，扛得住的浴火重生，扛不住的任凭雨打风吹去，只留下遗迹任后人凭吊。

走过中华门，前面就是端正大气有着贵族血统的现代化的南京了。

三

我惊诧于你的纵深，你的浩瀚，你的安静。

我慕名已久的一个所在，竟然是一栋高楼的地下车库。顺着半坡往下走，朴素的白色灯箱，简洁的四个汉字“先锋书店”，这里就是南京的文化地标、城市名片了。

在南京，处处古迹，步步名胜。追溯南京的多元文化，哪一件不值得大书特写？哪一样不是浩渺到让人窒息，沉浸到让人不能自拔？但先锋书店，你一定要来。

我的贪婪，让我选择了一辆自助推车，超市购物的那种。走不过十步，我便弃车捧书而行，只因那里太安静。安静到车子撵过地面的声音都过于清晰和嘈杂。像在医院看到病人之多你会感慨健康多么重要，在这里，你看到那些年轻的读者，安安静静的读者，你会觉得，生活真的无比美好。如果我们每一个城市，都有先锋，都不以利为第一追求，那么，全民阅读有望，全民素养提升有望。我以为，国家应该在每个城市推出这样的书店，不卖教辅，不卖儿童书（这些有专门的地方），只开先锋，开一些能安安静静读书的场所。对民营的书店，给予政策扶持，资金扶持。那么，我一定会在我生活的城市，复制一个先锋。不要赚钱，只为情怀。

不夜城里不打烊的书店，那么大，那么浩瀚。书的海洋，读书人的夜晚，如此安静，美轮美奂，无法描述。

四

阅江楼上看长江，只是心中的一个情结。我和长江，有过一份缘。小时候在课本里见过“南京长江大桥”就不说了。初中一年级，一个偶然，在电视里看到《话说长江》征集主题歌词的消息，我蠢蠢欲动了，把我所能找到的关于长江的只言片语研究来研究去。那时候，什么资料图片也没有，真费劲。后来终于写成了歌词，寄给了中央电视台。信寄走以后，朝思暮想地等着消息。大概几个月后吧，一封印着“中央电视台”字样的回信终于来了。那信封超级大，超级白。上面我的名字是钢笔字，超级帅。小心翼翼地打开，里面是一张对折的歌片儿，打开，左面是打印的字，同样钢笔写着我的名字，还有感谢参与之类的话。右面，就是我们现在耳熟能详的《长江之歌》。一想到这段，那动人的旋律就回荡在我的脑海，那是我的文学梦的起源。虽然我只收到这样一张歌片儿，可是你知道吗，在那个偏远的小山村，20 世纪 80 年代初期，光是“中央电视台”的大信封，就足以让我成为学校里的名人了。后来，有一个老师借走了我的歌片儿，那个老师不教我，在学校里挺活跃的，名字我至今也记得。她借走了，竟然没有还我，我也没敢找她要！想想自己都很后悔！有时候会突然冒出来一个想法，想找她要回来，不知道她现在是不是还健在。

嗨，往事不提了。《阅江楼记》是朱元璋写的，曾经拜读过。因为有记而建了楼，那我必须登临去看的。旅行就是这样，很多是因为心中有情结，必须去验证一番才肯罢休的。

长江在这一段，不甚开阔，也没有“你从雪山走来，惊涛是你的气概；你向东海奔去，涛声回荡在天外”的气势。它很平静，泊着大船。有些烟雾迷蒙，到江对岸的高楼和脚手架看得不是很清晰。下山后，我带着父亲准备找个车带我们从长江大桥上走个来回，安慰一下对它多年的惦记。

但其实大桥早已封锁，不能通车。而我多年前就驱车来回走过的长江三桥离我们很远，也就只好作罢。但无论三桥还是四桥，无论走了多少遍，我都是想要走到小时候课本里的那个真正的长江大桥上去的。我小时候走在汤旺河大桥上的时候，我就十分惦记它！

脚步总是匆匆，时光总是短暂，我许诺自己，春夏秋冬的南京，我都要阅读，我还会再来。

有时候，我常想，穷其一生，穿不够你喜欢的衣服，吃不够你爱的美食，走不遍你心中的山水，爱不完你喜欢的人，也赚不完你能赚到的钱。生命短暂，光阴宝贵，因为遗憾和对时光的无策，我们不得不珍惜眼下，不得不偏安世界的一隅，不得不善待每一场缘分。这就是所谓的“苟且”，但对远方的向往和追求，对自己初衷的情怀的善待，又何尝不是我们生活的动力和激情？

天地大，生活美，永不停止的，是前行的脚步。

2018年2月2日

『贵人』一直在

梅老师在书法班开课介绍自己的时候，提到过和我的关系，就是他当年结婚的时候，我是他婚礼的主持人。想起来，确实是一段美妙的缘分。当年我与梅老师的夫人兰老师是同事好友，我见证了他俩相识相处到张罗结婚。那时候还不兴请专业主持人呢，我就混充了一把。真把人家结婚当大事办，做了一套暗红色的套裙，盘了头发，化了妆。现在想想都很俗气，首先衣服的款式和做工都很不像样，其次高高盘起的头发也相当做作，没办法，那时候经济条件和审美都不同于现在。但格外看重这件事是肯定的，因此也就留下这样一份前缘。

再后来调离那所学校，大家忙于生计，没什么事儿也不怎么来往。梅老师十年苦练修成正果，我则告别体制，自主创业办了培训机构，心血来潮自己想学书法，也想带动周围的朋友，就找梅老师来上课，于是再续前缘，多年不太来往的朋友又开始了经常性的交流。

去年女儿高三，数学成绩非常糟糕。有一天因为一件别的什么事儿找到了自己二十年前教过的学生。原以为她是在某学校做初中老师，结果第一次电话沟通就得知她正在该校高三任数学老师，豁然间就云开雾散,二话不说当即就开车前往她学校约了她出来谈话。就这样把女儿数学辅导的大事交给了她。也许是她和女儿处于平辈,俩人嘻嘻哈哈姐姐妹妹地一顿叫,让孩子心理上很愉悦,也许是她更能体谅一个高考孩子焦虑的内心,也许是她确实有着高超的教学经验吧,总之,一个月之后,奇迹就出现了。女儿的数学成绩从六十分变成了一百二十分。巩固了一段时间后,女儿高考数学终于拿下了好成绩,顺利地步入了理想的大学。

一个二十年没有联系的学生,就以这样的方式出现了。后来,我们一起出去旅游,我带着孩子她也带着孩子,我戏谑她女儿应叫我“师太”,这也不是摆老姿态,本来就是嘛,我从前教过她妈,将来肯定也要教到她。缘分来了,挡都挡不住。

从东北老家调到山东,二十多年后,一个当年的同事找到了我,说孩子大学毕业想到我这里来找工作,那孩子本来就是高学历,工作一点不难找,我只起到帮忙联系的作用。孩子来了。接着,孩子的妈妈也来了。她妈妈本来也是我当年很熟悉很亲近的人。她本是来照顾孩子,没想到,在我工作最繁忙,家里孩子高考忙到不可开交的时候,是她伸出了援手,帮我给孩子做饭,帮我打扫学校的卫生,帮我看门,我出门的时候,帮我喂大猫。像亲人一样。

人和人之间,一定是有缘分存在的。分开,不一定缘分尽了;在一起,不一定是有缘人。不远不近一辈子,未必有交集,远离千山万水,说不定缘分未了,到时候还得再续。

年龄越大,感受越深。有人说,生命的历程是一趟没有回程的列车,总是有人上车有人下车。车上的人陪你走一段路,下车了;下车的人会踏上另一趟车。可是,没有想到的是,他(她)下了这趟车,又在中途换车的时候,上了你的车,或者你上了他(她)的车。总之,又开始了一段崭新的旅程。这时候的我们,经历了时光的历练,经历了岁月的洗礼,会更加珍视这份来之不易的缘,更加感恩这份雪中送炭的情。

说来说去,美好的情缘,还是来自自己从前结下的善缘、良缘,自己举手之劳成人之美的心意。有人说这叫爱的链条,有人说这是善有善报。没错,太多的事实证明,心中有爱的人,生活肯定不会亏待他。当你有困难的时候,就像孙悟空的如来佛一样,一准会有人来解救你。

念念不忘必有回响,和每一个有缘分相识的人,都结一段美好的善缘,你生命中的贵人,就会一直都在。

2017 年 12 月 10 日

故乡的野菜

我掰着指头数了数，至少时隔三十五年，我又蹲在这片绿意尚浅的林间空地，专心寻找那些野菜。

离开对青山，三十多年之久。也曾在温和的春日有女伴相邀，到田野里去，挖荠菜去。实话说，我都不感兴趣，那可能是她们的情结或者是野菜本身的野味的吸引，抑或只是挖野菜本身的乐趣。

我从没有参与过。做这种事情，如果不是口腹之欲，我以为须得具备三个条件才可以：故乡的土地，挖菜之趣，承载的记忆。

北方满山遍野的野菜，我认识很多。倒不是因为那时日子有多苦，相反，即便是那些贫寒的岁月里的春夏之交，完全没有任何青菜可以吃的时候，也很少有人想到挖点野菜来丰富餐桌，更多的只是为了寻一个乐子，是小伙伴们的集体活动，不在于吃，在于挖。

故乡的五月是这样的：乍暖还寒，林间有隐隐春意，背阴的山坡冰雪尚未完全融化，小溪的对岸还有厚厚的冰层，溪水在出现断裂的冰层下缓缓地流。天清气朗，河边的柳树尚未长出摇曳的腰身，只是爆出毛茸茸的可爱的毛毛狗。我早年的确不知毛毛狗原来是柳树的花儿，毛茸茸的，跃上柳树枝头，一点点长大，长出许多嫩黄的蕊，在风中颤颤巍巍地抖着它的粉儿。它是春天最早的胎痕，早于嫩绿的柳芽。一棵大柳树，装扮她的，不是嫩叶，不是随风摇摆的妩媚，而是每一根枝条都微微泛红，泛着油亮，共同擎起满头的繁华，那是多么可爱的春天！

当毛毛狗跃上枝头，冰凌花穿过雪层冰层绽放鹅黄，远处的山峦有达子香隐隐的粉红，北国的春天就来了。她走得很慢，很矜持，仿佛怕惊动了什么。冰冻三尺的河流和完全荒透了的原野，即使春天来了，也不是一天两天就能赶走寒冷和荒凉的，所以这之间隐隐的绿意，就显得格外珍贵，格外暖人心头。

野菜是很厉害的角色。我从小就佩服它们的野性。年年生，年年长，不施肥不松土，不浇水不播种，采走了还长，不采走也长。就在大自然里坦然地活，沉默而坚韧。田间地头，到处都是。

我印象最深的几种野菜，如今见到，格外亲切。仿佛见到了童年的小伙伴依然年轻的童稚的脸，一如昨日。

蜇麻子，学名宽叶荨麻，是最常见的野菜。身上有刺，不能直接用手采。我采蜇麻子有绝招，手捏叶尖，使寸劲，往上薅，连茎带叶，不长不短，就薅下来了，绝对不扎手。但这次我试了试，显然多年未练身手，方法不好用了。幸好我带了水果刀，掐着叶尖，用刀拦腰去斩，也颇为受用。这菜奇怪得很，被蜇了以后，看不见刺，更挑不出来，钻心地痒；热水烫一下，熬一锅土豆汤，放菜进去，山野的芬芳都出来了，进入汤锅里的它，顺滑，清鲜，美味，蜇人的脾气一扫而光。“蜇麻子熬汤好喝”，常有邻人念叨。我觉得谁要是说野菜好吃，前提肯定是大鱼大肉吃腻了。肚子里没有油水或者这锅汤本身没有油，野菜怎么可能会好吃？

一锅鲜美的蜇麻子土豆汤，要是再配上葱花油饼，那的确是人间美味，日子就像神仙一样了。

老牛挫和婆婆丁长得很相像,老牛挫不规则的叶边带着刺,也扎手,所以称为"挫"。这次我用识花君识别了一下,它的学名叫"蓟",这种汉字一看就让人心旌摇荡,古老得仿佛走进了《诗经》,走进了地老天荒。对于它,唯一的吃法,就是蘸酱。东北人爱吃蘸酱菜,看《乡村爱情》的时候,演着演着就开始吃饭,饭桌子上总少不了蘸酱菜。大葱、香菜、生菜、干豆腐,啥都拿来蘸酱吃。老牛挫和婆婆丁都是蘸酱菜,清热,败火,解毒,春天天干物燥,饭桌上少不了。

还有一种野菜叫鸭子嘴,因为形状酷似鸭子嘴,故此命名。我也是才知道它的学名为地梢瓜。这怎么就能与"瓜"扯上边?不过这名字一看就很接地气儿,还别说,这菜可以食用,但那时更多的是剁碎了,掺和点麦麸子或者玉米面喂鸡,也可以做猪饲料。它贱,是因为出奇的多,漫山遍野都是,而且傻傻得长,本身一点防御措施都没有,随便一抓就是一大把,一眨眼的工夫就是一菜篮子,使劲儿踏实了,再采。

黄瓜香,有点像枫叶的形状,伸出小爪,油汪汪的,暗紫带红,稍年长,才有墨绿。扯下一片,合在掌心使劲一拍,然后把手掌伸到小伙伴鼻子前,小伙伴使劲嗅,无限陶醉状:"哇,好香。"那是一股黄瓜的清香,故此得名。这种野菜,也是遍布山冈的,没人吃,采了,就是玩,用来拍,拍完了闻,再比较味道大小。如果不够清香,使劲拍,甚至拍红了手掌。

还有老桑芹,它们属于野芹菜吗?早春没有,所以这次没有见到,也就没法用识花君去辨识。我童年对植物的认知,都是来自民间的实践经验,什么能吃,什么不能吃,什么可以采,什么不能碰。有蕨类植物,茎上有毛的我们称之为猴子腿,茎上光光的,我们称之为老蕨菜,我都采过。让我难过的是,前几年人们传说老蕨菜吸收土地重金属,吃了致癌,也不知道真假。唉,蕨类来自远古时代,是见识过沧海变桑田的。采蕨如采薇，“采薇采薇，薇亦作止。曰归曰归，岁亦莫止”。

现在常提到“认领”，例如伊春五营区红松母树林里的大红松就被认领挂牌了。我们小的时候，几个小伙伴私下里早把自己心仪的大树，林间的一片缓坡或者一个看起来比较有特点的地方瓜分，并且互相口头协商认可，谁的地盘就是谁的地盘，别人没有权利动那里的一棵草木。例如最古老的那棵大柳树是我的，春天结的毛毛狗都是我的。我还在林间分了一个区域，我们称之为“碉堡”。我的那个地方，是一个两面缓坡的沟状的地带，有很多紫色的小野花。很奇怪，即使是一片小树林，所生长的花花草草也很不均匀。我的碉堡里，也会有几朵冰凌花。天气晴好，我就在沟里待着，自言自语，和野花对话。自己玩够了，再大声喊其他小伙伴，他们也在自己的地盘上，不知道在玩什么，也可以互相邀请到彼此的地盘上玩一阵子，就像邀请到自己家里来一样。我们私分大树、小溪的某一段，以及林间的哪一片地，并没有人觉得有什么不妥，也没有因为抢地盘有过什么口舌，反正地方多得是，谁喜欢谁宣告一下主权就可以了。

我们在天高地阔的地方尽情享受童年的欢乐，这些欢乐多半是植物带给我们的。山林里有各种各样的野花，那时候叫的名字算是乳名吧。比如，鸢尾花，我们叫马兰花；野百合，我们叫散落花；车轱辘菜开黄花，还有红五星花。黄花菜大家都吃过吧，那里漫山遍野都是。现在说新鲜的黄花菜有毒，可我们小时候就直接采了吃，新鲜的花瓣有淡淡的甜滋滋的味道，也没看见谁中毒。这些都是大朵的、漂亮的野花，还有不知名字的，非常非常小的，在草丛间星星点点的，至今也不知道姓甚名谁。它们更像和我们一起长大的许许多多的小伙伴，你根本不记得了，但它们确实和你一起走过了童年，也装点过你的梦。

人要想获得内心的宁静和幸福，总要与自然相亲，与植物相爱。与故乡土地上的花草树木有过灵魂的对视、心灵的对白，无论走到哪里，便都不会觉得孤单。

2019 年 5 月 10 日